神家正成
Kamiya Masanari
山本賀代
Yamamoto Kayo
福田和代
Fukuda Kazuyo

まもれ最前線!

陸海空自衛隊アンソロジー

まもれ最前線！

陸海空自衛隊アンソロジー

まえがき

福田和代

三年間のウイルス騒動が、ようやく落ち着き始めたこの時期に、珍しいアンソロジーを皆様にお届けできることを、嬉しくご報告いたします。題して『まもれ最前線！　陸海空自衛隊アンソロジー』。

世界中がウイルス禍と闘っている間、まさか戦争は起きないだろうと、皆さん思いませんでしたか？　私もまさかと思ったんですが、ロシアのウクライナ侵攻で人間の業の深さをつくづく思い知りました。世界中で六百七十万人近く（※2023年1月1日時点）がウイルスで死んでいるのに、まだ戦争するんですよ。ホント、いやになっちゃいましたよ。

映画ではよく、「宇宙人の来襲に一致団結して戦う地球人」が描かれますが、あれっておとぎ話の世界だったんだな、と嘆息せざるをえないですよね。

それではコロナ禍に、自衛隊員さんたちはどうしてるんだろうな——とふと思い、それを小説にすると、興味深いものができるかもしれないと考えました。そんないきさつから、自衛隊ものを書かれる知人に「陸海空の自衛隊アンソロジーを作りませんか」とお声がけしたのでした。

〈陸〉は、『深山の桜』『七四』『桜と日章』などとりわけ陸上自衛隊を硬派に描かれてきた神家正成さん。それもそのはず、ご本人が陸上自衛隊に勤務されていたご経験をお持ちです。〈海〉は、『ダイブ！　潜水系公務員は謎だらけ』『ダイブ！　波乗りリストランテ』の山本賀代さん。海上自衛隊の潜水艦乗りや給養員の生活が、グルメと絡めてやわらかく温かいタッチで描かれます。〈空〉は「碧空のカノン」シリーズ、『侵略者』『迎撃せよ』など航空自衛隊を描くことの多い私。みんな、自衛隊の「ひと」に焦点を当てた小説を書いてきました。

　もちろんこれは小説集ですから、現実に起きたこととは異なりますが、神家さん、山本さんともに、独自の取材網を駆使した意外なリアルエピソード満載です。

　版元は、光文社さんに打診したところ、ふたつ返事で引き受けてくださいました。

　さて、手に取ってくださった読者の皆様、現実と物語の境界線を、たっぷりとお楽しみくださいませ。

目次

海空

自衛隊・防衛省/米軍・NATO/警察　階級比較表

制作：神家正成

自衛隊												米軍	NATO	警察		
			陸上自衛隊※1		海上自衛隊		航空自衛隊		防衛省職員			米陸軍	階級符号			
区分		階級名	甲階級章	略章	甲階級章	略章	甲階級章	略章	指定職/特別職	官名※6	役職名※6			区分		階級名
幹部	将官	統合幕僚長※2							8号俸	防衛事務次官※2		大将※13	OF-9※13	地方警務官（国家公務員）		警察庁長官※18
		陸上/海上/航空幕僚長※3							7号俸※7	防衛審議官 防衛大学校校長※2						警視総監※2
		陸/海/空将							5号俸～2号俸	防衛書記官	本省局長	中将	OF-8			警視監
		陸/海/空将補							(一)1号俸※8 (二)10級		本省主要部 本省部長 課長	少将※14	OF-7※14			警視長
	佐官	1等陸/海/空佐							(一)9級※9 (二)8級 (三)7級		本省室長	大佐	OF-5			警視正
		2等陸/海/空佐							6級	防衛部員	本省課長補佐	中佐	OF-4		司法警察員	警　視
		3等陸/海/空佐							5級			少佐	OF-3			
	尉官	1等陸/海/空尉							4級※10		本省係長	大尉	OF-2			警　部※20
		2等陸/海/空尉							3級※11 ～ 2級※12	防衛事務官 防衛技官 防衛教官等	係長 主任 係員	中尉	OF-1※15	地方警察職員（地方公務員）※19		警部補
		3等陸/海/空尉										少尉※15				
准尉		准陸/海/空尉										最上級曹長※16 上級曹長	OR-9			巡査部長
曹士	曹	陸/海/空曹長										先任曹長 曹長	OR-8			
		1等陸/海/空曹										1等軍曹	OR-7			
		2等陸/海/空曹										2等軍曹	OR-6			
		3等陸/海/空曹										3等軍曹 伍長	OR-5 OR-4			
	士※4	陸/海/空士長							1級		係員	兵長※17 上等兵	OR-3			巡査長※21
		1等陸/海/空士										一等兵	OR-2		司法巡査	巡　査
		2等陸/海/空士										二等兵	OR-1			
		3等陸/海/空士※5										対応なし				
		自衛官候補生														

※1　甲階級章は冬制服など、略章は戦闘服装などに着用。乙、丙、礼服用階級章もあり。
陸自と空自の甲階級章は、幹部、准尉、曹は金属製で両肩(曹は両襟)。士は布地製で左腕に着用。

陸自と空自の略章は、布地製。幹部と准尉、曹は両襟か右胸、士は右腕に着用。

海自の甲階級章は、幹部と准尉は両袖に縫い付け。曹と士は左腕は金属製で両肩(曹は両襟)。

士は布地製で左腕に着用。

海自の略章は、布地製で幹部と准尉、曹は両襟か右胸、左腕。士は右腕に着用。

※2　定員1名

※3　陸上、海上、航空　各1名。

※4　基本、任期制。

※5　2010年10月1日をもって廃止。

※6　代表的なものだけ列記。

※7　6号俸は防衛装備庁長官。

※8　将補は職責によって（一）と（二）に分類される。

※9　1佐は職責によって（一）と（二）、（三）に分類される。

※10　1尉29号俸以上。

※11　1尉28号俸以下。2尉、3尉69号俸以上。
准尉、曹長105号俸以上。

※12　2尉、3尉68号俸以下。准尉、曹長104号俸以下。幹部候補生。

※13　上位に元帥（OF-10）あり。

※14　大佐との間に准将(OF-6)あり。

※15　上級曹長との間に准士官(W05～1)あり。

※16　各種あり。

※17　米陸軍では特技兵。

※18　定員1名。階級を有しない警察官。

※19　キャリア、準キャリア採用者は国家公務員。

※20　管理職昇任選考試験合格者は3佐待遇。

※21　正式な階級ではなく階級的職位。

迷彩の天使

神家正成

作者から

二〇二〇年二月の出来事として一番記憶に残っていることを挙げるとしたら、皆様は何を思い浮かべますか？

多くの方は、今なお続く新型コロナウイルス感染症の騒動を思いだすのではないでしょうか。二〇一九年末に中華人民共和国の武漢（ぶかん）から拡大した新型コロナウイルスは、一月に日本国内での初の感染者が確認されました。ただ、身近に迫った脅威として切実に認識されはじめたのは、ダイヤモンド・プリンセス号での集団感染の報道が始まってからではないかと思います。

この作品は、その巨大なダイヤモンド・プリンセス号で未知の感染症の恐怖に対峙（たいじ）しながらも、何とか感染拡大を防ぎ、救える命を必死に救おうと奮闘した人たちの物語です。

登場人物やそれに関連する出来事は創作ですが、それ以外の感染状況や推移、対応などは、ほぼ事実に基づいています。

誰も経験したことのない国家級の大規模災害の中、手探りで最良の路（みち）を切り拓（ひら）こうと、自衛隊員をはじめ多くの方々が、知恵を絞り、命を懸けて事に当たりました。孤独な最前線で目に見えない敵と闘った、勇気ある方々にこの物語を捧（ささ）げます。

神家正成（かみや・まさなり）

1969 年、愛知県生まれ。陸上自衛隊で 74 式戦車の操縦手として勤務。自衛隊退職後、2014 年、第 13 回『このミステリーがすごい！』大賞で『深山の桜』が優秀賞を受賞しデビュー。著書に『七四』『桜と日章』『赤い白球』『さくらと扇』など。

1

息が、苦しい。

隙間なく着けたN95マスクを、一時間以上していると呼吸をするのがつらくなり、脳への酸素不足か意識がもうろうとしてくる。

畠山知重(はたけやまちえ)は、それでも気持ちを切らさずに十五センチほどの長い綿棒――スワブを、ベッドに腰掛けている男性の開け広げた口の中へと挿しこんでゆく。

「ちょっと痛いけど我慢してくださいね」

慣れない英語で声をかけるが、はたしてうまく通じているだろうか。

先ほどＰＣＲ検査の同意書についての説明を英語でした際には、最後にはうなずいてサインをしたので大丈夫だと思うが、ダイヤモンド・プリンセス号から提出された資料では、十二階アロハ・デッキのこの客室の夫婦はイスラエル国籍だ。

スワブが咽頭後壁(いんとうこうへき)――喉の奥に達したら止めて数秒間待ち、綿に分泌液を浸透させる。鼻から検体を採取する方法もあるのだが、厚生労働省からの指示は喉からの採取だった。

中腰のままなので腰が痛い。

昼過ぎから戦闘服の上に防護服を着た状態で十数人の検査を続けているので、緊張と疲労で全身が悲鳴を上げている。

汗を吸った下着がぴっちりと体にまとわりついて気持ちが悪い。着こんだ個人防護具は一つ一つの動作にいつも以上の手間暇がかかる。

迷彩の陸上自衛隊の戦闘服に重ねて、医療用のマスクにゴーグル、ヘアキャップを装着し、白いつなぎ型の感染防護衣――タイベックスーツを着て、ゴム手袋は二重で戦闘靴(か)にはシューズカバー、というのが一般的な防護服装だ。

今回はそれに加えてフェイスシールドと撥水(はっすい)性の水色の長袖アイソレーションガウン、オーバーシューズを装備している。エボラウイルス病などの危険性が極めて高い一類感染症対応時の万全な防護服装だ。ここまで装備すると、視界が狭くなり、外部の空気と完全に切り離されているようで熱がこもる。サウナスーツを着て暗いジャングルを歩いているようだ。

通常の検査や問診などの際にはタイベックスーツまでは着ないが、感染者の拡大を受け、陽性者と接触する可能性がある際には、ここまでの完全装備をする指示が出ていた。

「ちくりとしますよ」

口蓋垂(こうがいすい)――喉の奥にぶら下がっている突起を、スワブで跳ねあげるように咽頭全体を何度か回転させせながらこすり取り、スワブを抜く。

「はい、もう口を閉じて大丈夫ですよ」

男性は安心したかのように大きく息を吐きながら口を閉じた。

スワブが充分に湿っていることを確認してから、同じ防護服を着用して、隣で作業を見守っていた川崎俊祐(かわさきしゅんすけ)医官――自衛隊の医者に渡す。

川崎は疲れきった顔で、畠山から受けとったスワブを外装チューブに収納した。

肩で大きく息を吐く。これで本日二月十七日の月曜日、担当分の検査が終わった。

「お疲れ様で――」

乗客の男性に頭を下げようと顔を向けたら、再度、白い歯と赤い口蓋垂が見えた。

大岩で砕ける荒波のような濁ったしぶきが視界を覆う。避ける暇もなく、そのまま目を閉じて肩をすくめた。

「Oh, Sorry ……」

大きなくしゃみをした男性の声に目を開けると、泡状の飛沫(ひまつ)がフェイスシールドにべっとりとついていた。


船内の細長い廊下を、畠山は肩を落としたまま歩いている。

客室を最大限広くするために極端に狭い廊下は、すれ違うのがやっとの幅だ。はるか先まで続いており、遠くはかすんで見えない。

廊下には間隔を開けて監視役の乗員が立っている。マスクにゴム手袋だけを付けた東南アジア系の乗員たちは、部屋から出る乗客がいると、「Stay room」と叫ぶ。

船内対策本部などが置かれている五階プラザ・デッキのダイニングルームまで、指定された経路を、川崎の後ろについて進んでいる。広い船内は入りくんでいて迷路のようで、乗りこんだ当初は、自分がどこにいるのか分からなくなった。

ダイヤモンド・プリンセス号のCOVID-19――新型コロナウイルス感染症は、香港(ホンコン)で下船した一人の中国人感染者から始まり、巨大な船内で目に見えない増殖を繰りひろげている。

横浜港の大黒埠頭に停泊中のダイヤモンド・プリンセス号への自衛隊の災害派遣が二月六日に開始されてから十一日経った。

二等陸尉の畠山は、ふだんは宮城県の陸上自衛隊仙台駐屯地にある東北方面隊隷下の東北方面衛生隊で看護官――自衛隊の看護師として任務に就いている。

神奈川県で起こった災害なので本来であれば、関東地方を担当する東部方面隊隷下の東部方面衛生隊が対応に当たるのだが、東部方面衛生隊は中華人民共和国の武漢から帰国した邦人らの受け入れ支援作業に従事していた。結局、畠山が所属する東北方面衛生隊が派遣されることになり、七日から任務について十日が過ぎている。

横浜に着いてすぐ畠山は、先に派遣されていた海上自衛隊と航空自衛隊の三十名ほどの隊員たちへ感染予防の訓練を実施した。

その後は厚生労働省による検疫の支援、すなわちＰＣＲ検査などの医療支援に従事している。ここ数日は土日も休むことなく、川崎医官に従い、検体採取の介助を行っていた。

畠山は唾を飲みこんで渇ききった喉を湿らせる。今までの災害派遣と違い、巨大な豪華客船での前例のないオペレーションであり、未知のウイルスに感染するリスクが非常に高い。

だが当初の未曽有の混乱もだいぶ収まり、未知の感染症という前代未聞の災害を、不完全ながらも何とか封じこめられるのではないか、というところまで来ていた。

乗員とすれ違うのにも、お互いなるべく距離を取るように体をひねりながら脇を通り過ぎる。あまりにも違う服装のこちらを見つめる乗員の眼は不安げだ。

今朝の朝礼時に聞いた医療支援隊隊長の一等陸佐の言葉がよみがえる。

――各個人の感染対策を徹底しろ。災害派遣にきて自分たちが感染したなんて、恥ずかしいことに絶対なるな。恐れず、侮らず、最前線の任務を遂行せよ。

フェイスシールドに付いた先ほどの飛沫は、すでにアルコール消毒をして拭きとっているが、心臓の鼓動がいつもより速い。

三日前に発熱した男性の妻は、検査の結果陽性でおととい下船して入院している。濃厚接触者として健康観察中であった男性は昨日、発熱して喉の痛みを訴えており問診の最中に何度もせきをした。おそらく感染している。

嫌な予感に不快な汗が背中を流れる。心臓が誰かの冷たい手で握られているようにうずく。

前を歩く小柄な川崎の足が、エレベーターホールで止まった。畠山は指先をスプレー式の携帯用アルコールで消毒してから下りのボタンを押し、また指先を消毒する。非常に手間暇がかかるが、船内の装備品に触る前と触ったあとには消毒するように指導して実践している。

豪華客船のダイヤモンド・プリンセス号には、二千七百名近い乗客と千名もの乗員を合わせて三千七百名ほどが乗っている。全長が二百九十メートル、船幅は最大で三十七・五メートル、総トン数が約十一万六千トン、水面上の高さも五十メートル以上あり、千三百室を超える客室のあるデッキだけでも八層、全部で十七層にもなる。それらを結ぶエレベーターは船首と中央、船尾側に三箇所あり、それぞれ四基あった。個別に分離して運転する設定が簡単にできない機種なので、感染者と非感染者で分けて運用することができずにいた。

エレベーターの向かい側にある階段の踊り場にかかっている高そうな風景画を見つめていたら、川崎がこちらを向いた。

「畠山二尉……」

様子をうかがうような低い声がした。

「はい、なんでしょうか」

川崎は、防衛医科大学校を卒業して各二年間の初任実務研修と部隊配属、専門研修が終わり、自衛隊中央病院で医官として業務隊勤務をしている海上自衛官だ。三十一歳の畠山より少し年上で階級は一個上の一等海尉だ。

「今日の検査なんだけど……。今回も一応、全部僕が実施したということで……いいかな」

ため息をつきたくなるが、ぐっとこらえる。

「ええ、別に構いませんが……」

川崎はまばたきを何度かすると、「じゃ、そういうことでよろしくね」とエレベーターの階数表示に顔を向けた。その安心したような横顔を見つめながら、そっと唇をかむ。

もともとの予定では、川崎がすべての検査を行うはずだったが、途中から疲れが見えてスワブを挿しこむ手が震えはじめたので、頼まれて畠山が代わった。

ＰＣＲ検査のために行う鼻腔（びくう）や咽頭の拭（ぬぐ）い液の採取は、医業に当たる。「医師でなければ、医業をなしてはならない」と医師法第十七条には規定されているが、看護師や臨床検査技師も医師の指示の下で実施は可能だ。

だが、そうした旨を上官に報告しなければならない。それが面倒なのか、はたまた男性医師としてのプライドがあるのか分からないが、先日も同じことを頼まれた。波風を立てたくないし、まあいいかと思ったので承知したが、また頼まれた。

看護官だからなのか女性だからなのか、あるいはその両方だからなのか――。
畠山が小さくため息をつくと、チャイムが鳴りエレベーターが開いた。

五階には食堂として使われていた二つの広いダイニングルームがあり、両方を使用している。医療関係者の待機場所として指定されているヴィバルディ・ダイニングと、対策本部をはじめ事務局や薬局などが置かれているサボイ・ダイニングだ。お互いに内部で行き来できるようになっている。

畠山は検査試薬を担当に渡してから、不潔ルートを通り、ヴィバルディ・ダイニングの入り口側に設置している脱衣所に入った。

感染症対策においては、感染拡大や二次感染などを防ぐためゾーニングが重要だ。病原体によって汚染されている区域――レッドゾーンと、汚染されていない区域――グリーンゾーンを分け、空間や動線が交わらないようにする。

ダイニングルームへの入り口は一箇所しかないものの、扉が二つあるので、完全な分離ではないが清潔ルートと不潔ルートに分けて運用している。

細心の注意をもって畠山と川崎は防護服を脱ぎはじめる。防護服を脱ぐときこそ感染のリスクは最大限に高くなる。高等看護学院の頃から、目をつぶっても行えるほどに重ねてきた訓練だ。基本を守ることこそ一番大切だ。

介助者がいれば着脱を手伝ってもらえ安全性が高まるのだが、今回の災害派遣ではそこまでの人員の余裕がない。

脱衣所は床に貼ったテープで三分割されている。手前から汚染区域、緩衝区域、清潔区域だ。表面にウイルスが付着している可能性があるので、まずは全身にアルコールを吹きかけて消毒をする。次にフェイスシールドやガウン、オーバーシューズなどを内側から触って皮を剝ぐように脱いで医療廃棄物の袋へ入れる。

白いタイベックスーツになってからも再度、全身にアルコールを吹きかけてから、手首と足首の固定用の粘着テープを外す。緩衝区域の手前まで進み、左足を上げてシューズカバーと底にまでアルコールを吹きかけてから、緩衝区域へと下ろす。次に右足も上げて同じように消毒して緩衝区域へと体を移動させる。

シューズカバーの紐を外してから、アウター手袋を消毒する。まずは右手袋を、裏側を表にひっくり返しながら外す。次にインナー手袋だけになった右手で、外した手袋の内側を持ち、残った左手袋の内側に指を入れて慎重に引っぱって外す。多くのものに直接触れる手袋の着脱には神経を使う。

タイベックスーツがずれないように指にかけていた紐を外し、体の前面を閉じている両面テープを内側から触りながら外し、ファスナーを下げる。

毎回思うが、まるで蛇の脱皮だ。厚生労働省の基準より強化している自衛隊の装備は、着脱に時間がかかる。

マスクで胸元を汚染しないように上を向いて、タイベックスーツのフードを頭から下げる。タイベックスーツを肩まで外そうとしたときに何か違和感があった。タイベックスーツの胸元の部分に線のようなものが見える。

目を細めて見つめると、数センチほどカッターで切ったような切れ目があった。心臓が鯉(こい)のように跳ねあがり顔が熱くなる。

着るとき確認した際には、切れ目などなかった。いったい、いつできたのか——。

いやそれよりも、ちょうどこの部分は男性の飛沫を受けた箇所だ。上にガウンを着ていたとはいえ、飛沫が隙間を越え、ここから入っていたとしたら——。

迷彩の戦闘服の胸元を見る。心なしか湿っているように思える。

混乱状態のままタイベックスーツの外側を内側で包むように足元まで下ろして、シューズカバーごと脱いで医療廃棄物の袋に入れる。

再度インナー手袋を消毒してから、後ろのゴムの部分を持ってゴーグルを外す。マスクを同じように二本のゴムの部分だけを触りながら外して、大きく——ではなく静かに息を吐く。ヘアキャップを外すと、派遣前に美容室に行って入隊した頃のように短くした髪が揺れた。インナーの手袋を消毒してから裏返しながら外し、医療廃棄物の袋に入れる。清潔区域の手前まで来て、先ほどと同じく戦闘靴を消毒しながら左足、右足と清潔区域に移る。何も考えられない状態だが、訓練した体は手順通りに動く。

両手を肘まで念入りに消毒したのち、交換用の新しいマスクを着けて、戦闘服の胸元に何度もしつこくアルコールを吹きかける。

先日の十二日、厚生労働省の検疫官がSARSコロナウイルス2——新型コロナウイルスに感染したと発表があった。マスコミはダイヤモンド・プリンセス号がウイルスの培養装置であるかのように大騒ぎの報道を続けている。

自衛隊は国民の最後の砦だ。災害派遣に従事する自衛隊員——それも感染症対策の知識がある衛生科の幹部の看護官が感染したら、それこそどんなふうに報道されるか分からない。いやそれよりも自分が感染したと知ったら家族は——。

——俺は絶対に反対だ。

夫——畠山謙司の強い声が、脳裏によみがえった。

2

巨大なダイヤモンド・プリンセス号は、横浜ベイブリッジの下を通過できないため、横浜港の大さん橋埠頭ではなく、大黒埠頭に係留されている。その大黒埠頭からベイブリッジを渡った逆側の本牧埠頭に、高速貨客船「はくおう」は停泊していた。「はくおう」は民間船だが、民間資金などの活用によって公共サービスを行うPFI法に基づいて、防衛省とチャーター契約を結んでおり、有事や災害派遣、訓練などの際には優先的に活用される。

「はくおう」五階の個室で畠山知重は夕食後、テレビのニュース番組を点けたままベッドに横たわり天井を見つめている。隣にもう一つベッドがある二人用の個室だが、感染を防ぐために畠山一人で使っていた。

今回の災害派遣における自衛隊の任務は大まかに分けて四つだ。PCR検査や健康相談などの医療支援と、船内の消毒や生活物資の搬入や仕分けなどの生活支援、下船者の輸送支援、統合現地調整所での調整勤務である。

当初は五十名ほどだったが、現時点では百五十名近い自衛隊員——陸海空の自衛官と防衛省の職員や技官などが投入されている。それらの隊員の活動拠点は、この「はくおう」と、追加で民間から借りあげた「シルバークイーン」の二隻の船だ。

医療支援に当たっている医官や看護官、薬剤官、救急救護員などは、感染のリスクが低い生活と輸送支援の隊員たちとは、フロアや移動動線を区別して活動している。

上半身を起こす。窓からは暗い海に浮かぶダイヤモンド・プリンセス号が見える。多くの客室の明かりはまだ点いており、舷側は橙色や青色、白い光に彩られている。まばゆい光が黒い波間にも反射してきらびやかに輝いていた。

闇の中で浮かびあがるその姿は、海の王者である原子力空母のような存在感だ。船を垂直に立てると、ここからすぐそばにそびえる横浜ランドマークタワーと同じ高さになるほどだ。それでも世界の豪華客船の中では中型程度らしい。

初めて目にした際には、あまりの巨大さに息を呑んだ。舷側に立ち頭上を見上げると空の半分以上が、窓が無数に連なる白い船体に隠れてしまった。

畠山がこれも大きいと感じている「はくおう」の総トン数は約一万七千トンなのだが、ダイヤモンド・プリンセス号の総トン数はその七倍近くだ。

その巨大なダイヤモンド・プリンセス号は、一月二十日に横浜から「初春の東南アジア大航海16日間」のクルーズに出発した。香港やベトナム、台湾などを巡ったのち、二月三日に横浜に戻ってきたが、一月二十五日に香港で下船した乗客が、のちの検査で新型コロナウイルスに感染していたことが分かった。

その後に船内でも発熱者が出はじめており、那覇で検疫を受けていたが無効となり再度、横浜検疫所が臨船検疫を実施した。三十一名検査して十名が陽性反応という想像以上の悪い結果が出て、政府は大慌てで対応を検討した。

　乗客乗員全員を下ろして別の場所で隔離するという案も出たが、一つの村ともいえる規模の約三千七百名もの人々をすぐに収容できる施設などはどこにもなく、政府は十四日間の客室内待機措置と陽性患者は下船させて搬送することを決定した。だが増えつづける発熱者に対して船医は二人しかいなかった。

　クルーズ船で感染者が出た場合、患者を医療機関に搬送するのは、検疫法や感染症法に基づき、その港がある地方自治体——今回の場合は神奈川県の仕事だ。

　だが、今まで経験したことのない国家的危機に神奈川県だけでは対応できるわけがなく、厚生労働省の感染症対策本部を中心に対応を開始したが、それだけではとうてい手が足らず、災害派遣医療チーム——ＤＭＡＴの派遣が決まった。

　ＤＭＡＴは、大規模な災害や事故が発生したときに都道府県知事の要請で速やかに現場に駆けつける医師や看護師、薬剤師らの医療チームだ。

　ＤＭＡＴを皮切りに、災害派遣精神医療チーム——ＤＰＡＴ、日赤救護班、日本医師会災害医療チーム——ＪＭＡＴ、国立病院機構医療班、全日本病院協会災害時医療支援活動班——ＡＭＡＴ、国立国際医療研究センター、国際医療福祉大学、国立長寿医療研究センター、地域医療機能推進機構——ＪＣＨＯなど多くの組織が派遣されて医学的対応などに当たり、自衛隊も災害派遣として出動した。

公的な国家機関である自衛隊の災害派遣は、自衛隊法の第八十三条に定められている。公共性と緊急性、非代替性の三つの原則に基づく必要があり、大きく分けると都道府県知事などによる「要請による派遣」と「自主派遣」の二種類の方法がある。

今回の災害派遣は、未知のウイルスによる密閉された空間での集団感染であり、特に緊急な対応が必要だった。特定の都道府県知事の要請を待っていては遅きに失すると判断され、防衛大臣の命令により自主派遣による災害派遣となった。

畠山は緩(ゆる)やかに息を吐く。

地震や台風などと違うが、今回も確かに災害だ。それも目に見えない災害——。

今までと勝手が違い、正直に言えば恐ろしい。

自衛隊は一九九五年に起きた地下鉄サリン事件などを教訓に、核や生物、化学兵器などによるNBC攻撃やCBRNテロへの対処訓練を行っている。今回の災害派遣に切り札として十三日から本格的に投入された対特殊武器衛生隊は、生物兵器などが使用された場合に備えている部隊だ。しかしながら、中華人民共和国の武漢から拡大した未知のウイルスは、症状や致死率、対処方法、感染経路など、まだ分からないことが多すぎる。落とし穴だらけの暗闇の中を、無防備のまま手探りで進むようなものだ。深い穴に落ちれば最悪「死」が待っている。

渇きはじめた喉を唾で湿らせると、女性キャスターの高い声がテレビから流れてきた。

「厚生労働省によると新型コロナウイルスの集団感染が確認されたダイヤモンド・プリンセス号で十七日、新たに乗客八十五人、乗員十四人、計九十九人の今までで最大の感染が明らかになりました。これでクルーズ船の乗客乗員の感染者は四百五十四人となりました」

テレビのテロップには神福山梢子という名前が見える。

この局のベテランキャスターで、あまりテレビを見ない畠山でも知っている。「今までで最大の」という箇所をやけに強く読んだ。

「感染者の内、日本人は四十三人です。クルーズ船では、乗客と乗員で延べ千七百二十三人の検査が行われ、累計で四百五十四人の感染が確認されたことになります。感染者の内、十九人が重症で、中には集中治療室で治療を受けている人もいます」

土日返上で畠山たちは検査に従事した。三日連続で毎日五百名を超える人の検査を行い、今日でようやく乗客全員の検査が終わった。

現時点ではPCR検査自体に六時間ほどかかり、検体の搬送や結果照合などにも時間が必要で、検査の結果が出るのには最短で一日、状況によっては数日かかる。

分母が大きくなるので明日以降に判明する感染者数はさらに増えるかもしれない。それに伴いマスコミの声高な報道も過熱するだろう。

「クルーズ船で相次いで感染者が確認されていることについて、厚生労働省は『船内で感染防止の対策を進めているが、感染管理がうまくいっていないケースもありうるので、なぜ感染者が増えているのかを急いで分析する必要がある』と話しています」

畠山は両手を見つめてから重ねる。

ざらざらとした手触りに、苦いため息がこぼれる。

頻繁に手指の消毒をするので、すっかり荒れてしまった。ハンドクリームを何度も塗っているが、まったく効果がない。

「また本日、厚生労働省の職員一人の感染が確認されました。職員は五十代の男性で検疫に関連して今月十一日から船内で情報を収集し、厚生労働省に連絡する業務などを行っていたということです。患者を船から下ろす際の交通整理にも当たっており、この際、患者とは二メートル以上離れ、接触もしておらず、船内でも乗客や乗員と接触していないということです。職員は十四日に発熱の症状が出て、十六日に感染が確認され、十七日に医療機関に搬送されて入院し治療を受けています」

胸元に右手を添える。男性のくしゃみとともに飛んできた濁ったしぶきが思い浮かぶ。

まだ分からないことの多い新型コロナウイルスだが、感染の経路は飛沫感染と接触感染と推定されている。明確に濃厚接触していない職員が感染した事実に体が震えると、急に背筋が寒くなった。

バスで「はくおう」に帰ってきて、広間で行われた夜のミーティングの際、飛沫を浴びたことを医療支援隊の隊長に報告したら、隊長は難しい顔になった。

「なにか異常があればすぐに教えてくれ」と苦々しげに呟かれた。高熱やせきなどの症状が出たら速やかに報告することになっているが、任務は引きつづき実施だ。

何だか自分自身が病原体になったようで、ミーティング終了後、配られた夕食の弁当を電子レンジで温めることもせず、ほかの隊員との接触を最低限にして、逃げるように個室に戻ってきた。着ていた戦闘服や下着はすぐ浴室で洗濯した。民間のクリーニング業者に委託すると風評被害が生じるかもしれないので、感染リスクの高い隊員は浴室や大型のバケツのような小型洗濯機で、リスクの低い隊員たちは船内の洗濯機で毎日洗濯をしている。

その後シャワーを念入りに浴び、何度もアルコール消毒をしてからすっかり冷えてしまった弁当を食べた。感染対策のため三食すべて弁当だ。今夜のおかずは唐揚げとコロッケ、野菜の煮物だった。栄養バランスを考えて作ってくれているが、さすがに弁当が続くと食欲が落ちてくる。カップみそ汁だけは温かくて助かった。

左手をおでこに当てる。先ほど体温計で測った際には平熱だった。新型コロナウイルスの潜伏期間はまだ不明な部分も多いが、現時点では最短で三十六時間、最長で二週間くらいと言われている。

テレビをリモコンで消してベッドに横になる。ため息とともに目を閉じると夫の厳しい顔が浮かんできた。

――もし、お前が感染したらどうするんだ。

畠山が今回の災害派遣へ参加することが決まったあと、同じ陸上自衛官である夫の反対は想定外だった。夫は衛生科ではなく施設科だが、災害派遣にも何度も臨み、その意義と価値もよく分かっているはずだ。

いや夫との出会いこそ東日本大震災での災害派遣の場であったのだ。あれから九年経ったが、夫は変わってしまったのだろうか。

――それに幹護の卒園式と入学式はどうすんだよ。

一人息子の幹護の愛らしい笑顔が思い浮かぶ。災害派遣がいつ終わるか分からないが、今回は終わったあとにも二週間の経過観察期間を過ごさなければならない。三月十四日の保育園の卒園式に参加できるかどうかはまだ分からない。

参加できないとなった場合、それを知った幹護はどんな顔をするだろうか。

単身赴任している私は、ただでさえ息子と寄り添える時間が少ない。それなのに人生の区切りの行事を一緒に過ごすことのできない私は、母親失格ではないか——。

そんなぐじぐじした思いが、胸でぐるぐると回る。

同じ年に生まれた夫は、出会ったときは任期制隊員の陸士長だった。畠山は陸上自衛隊の看護官を養成する自衛隊中央病院の高等看護学院を、第五十期生として卒業したばかりの二等陸曹だった。結婚したあと夫は陸曹候補生の試験に受かり、三等陸曹になり、自衛隊を生涯の仕事と決めた。

産休後に畠山が部内での幹部候補生の試験を受けたいと相談した時、夫は一瞬迷った顔になったが賛成してくれた。試験に合格して三等陸尉になり、別々の駐屯地で勤務しはじめた頃から夫は変わってしまったのかもしれない。

転勤が幹部の畠山に比べて少ないのと、夫のいる茨城県の古河(こが)駐屯地のそばに彼の実家があることから、息子は夫のもとで育っている。単身赴任で宮城県の仙台駐屯地で勤務している畠山は、夫と息子には月に数回ほどしか会えないが、それでも幸せだった。

この間、夫から切りだされた話が、さらに悩みを深くさせる。

——二人目が、欲しいんだ。

結婚してすぐに幹護を授かった。二人目を畠山も夫も願っていたが、畠山の幹部候補生学校への入校とその後の新任幹部の忙しさで後回しになっていた。

畠山は先月の一月三十日に三十一歳となった。ちょうどいい頃とも言える。

東北方面衛生隊での幹部勤務も四年目を迎えていて、そろそろ異動の時期だ。実際に上官から来月三月末の異動の話が出ており、沖縄県の第十五旅団などはどうかと聞かれていた。

急患空輸の災害派遣が多い沖縄での勤務は、現場での看護官としての技能を磨く最適の場と思っている。だが沖縄勤務となると二人目の話は難しくなる。そのあとでと考えると年齢がいってしまう。夫は関東周辺での勤務を望んでいた。沖縄の話をそれとなく切りだしたら、即座にしぶい顔になった。

このまますれ違いが続くと母親失格のみならず、妻失格となるのではないか。それは畠山の願う家族の姿ではない。夫だけではなく私も変わってしまったのだろうか。

畠山の両親はすでにいない。温かい家庭こそが畠山の求めていたものだ。夫は、自分より階級も上で子育てを夫と夫の実家に任せてしまっている私に対して、見えない不満や不平を、いつの間にか積もるちりのように心の内に、ためてしまったのだろうか。義母からは何度か自衛隊を辞めることを勧められた。近くの病院で看護師として勤めればいいとまで言われた。

自衛隊の医官を国費で養成する防衛医科大学校の医学科は、卒業後九年以内で辞めた場合は最高で四千三百万円近い償還金を納めないといけない。同じく看護官を養成する防衛医科大学校看護学科でも六年以内で離職する場合は最高で約八百万円を納める必要がある。

畠山が卒業した高等看護学院は、二〇一六年三月二十八日をもって閉校になり、防衛医科大学校看護学科に統合された。入学と同時に陸上自衛官となる高等看護学院には、償還金の規定はない。それに卒業してからもう十年が経過している。六十名ほどの畠山の同期でもすでに幾人かは、自衛官の看護官を辞めて民間の看護師として働いている。

だが白衣の天使ではなく迷彩の天使こそ、あの日から畠山の目指していたものであり天職なのだ。あの日、迷彩の天使に救われた私は、高校卒業後、数十倍もの倍率を乗り越えて高等看護学院へと進んだ。三年間の学校生活では、看護系科目以外にも、陸上自衛官としての教育も多く受けた。基礎教練から始まり、小銃の取り扱いを学び射撃訓練を実施したり、東富士演習場で数日に及ぶ野外訓練も経験したりした。有事を想定しての野外病院を開設して治療を行う訓練もあった。どれもこれも自衛隊ナース——迷彩の天使でなければ助けられない人たちを救うための訓練だ。自衛隊の階級章などには桜星が使われている。公のために尽くす桜星の矜持を胸に、私は迷彩の戦闘服と白衣を着ているのだ。

自衛官も看護師もどちらも辞めることなどできない。

大きく息を吐く。そばの鏡を見ると、鼻の両脇にはN95マスクを長時間着けたことによる赤い筋ができている。仏頂面で深刻な自分の顔から苦笑いがこぼれる。

——笑顔は幸せを運んでくるのよ。

高等看護学院の恩師の言葉が脳裏に浮かぶ。私を救ってくれた迷彩の天使は、高等看護学院の教官となっていた。先輩でもあった教官は、苦しかったり悲しかったりつらかったりしたときには、いつもほほ笑みながら話を聞いてくれた。再会した恩人は恩師となった。

そのふくよかな笑顔を思いだして、無理やり口角を上げるが、いびつな笑顔はかえって情けない。

ああ、教官、私はどうすればいいのでしょうか。

3

十八日、火曜日の今日も朝から慌ただしい。

畠山知重は迷路のような船内を、川崎医官の小柄な背中を見ながら歩いている。毎朝測っている基礎体温も朝の検温も平熱だったが、心なしか体がだるいような気がする。それでも午前中は数十名の乗客に対して追加のＰＣＲ検査をして、午後は問診による健康確認と相談を行っていた。

午前中の検査では、今日も途中から川崎が疲れを訴えはじめたので、畠山が代わりに検査を実施した。昼食で元気を取り戻したのか、前を進む海上自衛隊の水色迷彩戦闘服に水色ガウン姿の川崎の足取りは軽そうだ。

同じような姿の畠山は、喉が先ほどから渇いているが、梅干しを想像して喉を湿らせる。防護服を着ていると暑くて動きづらいだけではなく、トイレに行くのが不便になる。だから災害派遣が始まってから大好きなコーヒーを控えていた。

夫の影響でコーヒーが好きになり、日に数杯は豆から挽（ひ）いて飲むほどだが、今の水分補給はもっぱら水だ。でも尿の色はずっと濃いままだ。

今日は、五階のダイニングルームで白いタイベックスーツを着用する際に、切れ目などないかどうかを念入りに何度も確認した。「早くしてくれよ」と川崎にせかされたが、昨日のような思いをするのは嫌だった。

午後はタイベックスーツまでは着ていないので、昨日までの動きづらさはない。それだけでも心が少し軽くなる。

川崎が立ち止まり、十階カリブ・デッキの海側の部屋番号を確認する。

畠山は外国人の船医による手書きの訪問リストに目を落とす。次の乗客は六十歳だ。名前は英語のつづりが汚くて読みとれないが、日本人女性のようだ。今回のクルーズ船には五十六もの国や地域の人々が乗船しているが、その半数近くは日本人だ。英語で対応しなくていいと思うだけで気が楽になる。

川崎がドアをノックすると、女性の声がしてドアが開いた。

手指の消毒をしてから、川崎に続いて頭を下げて部屋に入る。顔を上げて女性を見た瞬間、体が固まってしまった。

——恩師が、そこにいた。

立ちすくんでいる畠山を、川崎も恩師もけげんそうな顔で見てくる。マスクやヘアキャップをして個人はおろか男女の識別すら難しい。

恩師が目を細めてこちらを見つめてくる。懐かしい顔がほころんだ。

「知重ちゃん……かしら」

かかとをつけ背筋を伸ばし直立不動の姿勢になる。

「はい、お久しぶりです。三上（みかみ）教官。お元気そうでなによりです。あ、いや、健康相談ということは……どこか具合が悪いのでしょうか」

三年間、教官と慕い呼びつづけたので、卒業後も三上に会うと自然と教官と呼んでしまう。

「おい、なんで君が……」

川崎のとがめるような声に我に返る。そうだ問診は医官の仕事で、畠山はその補助だ。

「あ、すみません。知り合いだったので、つい……」

「相変わらず、あわてんぼうね。それじゃお願いします」

三上八千代(やちよ)が笑いながら川崎に頭を下げ、畠山にウインクをした――。


「再度のPCR検査が必要だと思うのですが……」

「まだ基準値以下の微熱だから大丈夫だろう。そんな余裕はないんだよ」

次の問診に向かう途中で川崎に進言をしたが、つれない声が返ってきた。

三上は四日前にPCR検査を受けて陰性だった。下船に向けて準備を進めていたが、昨日から微熱が続いているそうだ。現時点での検査の基準となる37・5度は超えていないが、微妙な息苦しさがあるらしい。

今のところPCR検査は完璧ではない。検査の精度自体は高いのだが、検査する時期や検査材料の採取が不充分な場合は、偽陰性となることもあった。

「ただ基礎疾患もありますし、急な重症化の例も多いので……」

ふくよかな三上は、二型の糖尿病で腎臓に持病を抱えていた。

川崎の足が止まり、こちらをにらんでくる。

「そんなこと言ったら乗客全員がそうだろうが、老人ばかりなんだから。それに元自衛官なんだから後回しにしたって大丈夫だろう。急を要する人は多いんだ」

強めの声に唇をかんでうつむいてしまう。確かに心配しすぎかもしれないが、問診中、三上がしきりに胸を押さえていたのが気になる。

「優雅なもんだよ。定年退官して豪華クルーズに参加なんてうらやましい。こっちは休みなしで対応に当たってるってのに」

川崎はため息まじりに呟くと歩きだした。畠山も後を追う。

——優雅な人たち。

畠山も最初はそう思った。確かにダイヤモンド・プリンセス号は豪華な客船だ。船の中とは思えない吹き抜けのきらびやかなアトリウムや収容人数七百人の広いプリンセス・シアター、五箇所もあるメイン・ダイニング、カジノやバー、何種類もの屋外プールなどを見たときには、別世界のように思えて驚いた。

だが実は一部のスイートルームなどを除けば、そこまでの値段ではなく、定年までコツコツと真面目（まじめ）に仕事をしてきた夫婦などが、記念に乗るものとしてはそこそこの料金だった。

一般的な海側でバルコニー付きの部屋の定価は、一人当たり四十万ほどだが、早期予約や出航前の割り引きなどがあり、二十万ぐらいで販売されたと聞く。窓なしの部屋はもっと安く十万円ほどになることもあるそうだ。乗客の八割は結婚記念日や誕生日、そんな人生の一区切りを祝い楽しむ人々だった。

マスコミの報道などでさかんに豪華客船と連呼されているので、今回のコロナ騒動は自己責任だという論調が一部で起きている。だが、そうであったとしても理不尽な災害に巻きこまれてもいい、という理由にはならない。

畠山はかぶりを振る。今、私にできることは目の前の苦しんでいる乗客の支援に全力でとり組むことだけだ。息を吐いて気合いを入れなおした。

問診を終えて防護服を脱ぎ、洗面所で念入りに手を洗っているときに、同じく手を洗っている先輩看護官たちのうわさ話が聞こえてきた。

「この間のＰＣＲ検査で三上教官に会ったんだけど……。三上教官、独りで乗船してるのよね。離婚したんじゃないかって……」

「えー、あれだけ仲がよかったのに」

畠山は耳をそばだてる。先輩といっても同じ時期に高等看護学院にはいなかったので面識はない。三上は畠山の入隊前から教官になっていた。彼女たちも教え子なのだろう。

「ご主人だけ先に下船したんじゃないの」

「いやいや、船側に乗船名簿まで確認したけど独りだって、最初から……」

「豪華客船に独りで乗ってどうすんのよ。ねえ、もしかしてほかの誰かとの不倫旅行かな」

「やだー、そうだったらがっかりだよ」

手を洗い終え、二人は出てゆく。

畠山は手を止めたまま、流れる水をぼうぜんと見つめている。

――信じられない。

三上は恩師であると同時に憧れであり尊敬する先輩でもあった。自衛隊という男性社会で女性自衛官の路(みち)を切り拓き、結婚して出産後もその職務を愚直にこなしたすばらしい先達である。

高等看護学院の二十一期生として二等陸士で任官した三上はその後、幹部候補生学校にも進み定年退官するときには二等陸佐となっていた。

畠山が幹部になろうと思ったのも三上の影響だ。

職場結婚の多い自衛隊の中、三上の夫は一般の会社員だった。仲人を頼んだときに夫婦そろって心から祝福してくれた。三上の夫の柔らかい激励の言葉は、今でも覚えている。

――自衛隊という公のために尽くすあなた方を、私は心から尊敬しています。理解されず非難されることもあると思いますが、国民の一人として私はあなた方の活動を決して忘れていません。お二方の未来が祝福に満ちますことを、心よりお祈り申しあげます。

三上は仕事でも家庭でも、その為(な)すべきことを充分に果たしている女性だった。

でも確かにあの部屋には三上独りしかいなかった。クルーズの部屋は基本的に二人用だが、割高な一人用料金を払えば独りでも参加できる。だが、いったい何のために――。


眠れない――。

畠山はベッドで寝返りを打つ。充分な睡眠とバランスのよい食事こそが災害派遣、特に今回のような感染症対策では重要なのだが、派遣されてからずっと浅い眠りしか取れていない。

今晩は防衛大臣が、「はくおう」と「シルバークイーン」に視察に来ていた。激励や意見交換なども行ったようだが、畠山は遠目から見ただけだった。

夜のミーティングではＤＭＡＴの看護師一名が感染したことが告げられた。支援する側からの三人目、それも同じ看護師の感染は人ごとではなく、いたたまれない気持ちに包まれた。

寝る前のニュースでは、六百八十一名の検査によって船内で新たに八十八名の感染が確認されたこと、明日から陰性と判定された乗客の下船が始まることなどを伝えていた。

それらのことも気にかかっているが、それ以上に重いものが胸に突き刺さっている。

——三上のことだ。

うわさ話を聞いてから、心にずっとさざ波が立っている。

女性自衛官として三上のようになりたい。その一心で畠山は頑張ってきた。

今の自衛隊は女性自衛官の比率が七パーセントを超え、女性の配置制限がほぼ撤廃された。戦闘機のパイロットや戦車乗員、空挺隊員、潜水艦乗員へも女性自衛官の進出は進んでいる。

だがそこに至るまでには、血を吐くような先達の女性自衛官の苦労があった。結婚と出産、そして育児という女性として越えなければならない壁は高くいくつもある。自分だって育児を夫が手伝ってくれなければ、ここまで自衛隊内で活躍はできていない。

それを乗り越えた女性の末路が離婚であれば……。あまりにも理不尽で残酷な仕打ちだ。

うわさ話を聞いたあと、三上の部屋に電話をしようと船内の内線電話を手にした。だが電話して何を聞くというのか。

それにもし離婚や不倫が事実であれば、自分はどんなふうに応対すればいいのか分からない。

登録してある携帯電話にかけるという手もあったが、船内は電波を通しにくい鋼板で囲まれている上、開口部も少なく電波状況が悪くてなかなかつながらない。各携帯電話会社の協力を得て埠頭に移動基地局を開設し、中継装置を船内の各所に置いて対応しているが、不要不急の場合以外はなるべく使わないようにと言われている。

ため息をついて逆側に寝返りを打つ。

三上は自分と同じように、現場の最前線で生きてきた人間だ。

看護官として陸上自衛隊でキャリアを重ねるには、厳密に分かれているわけではないが二通りの道がある。一つは自衛隊中央病院をはじめ全国の自衛隊病院や駐屯地の医務室で仕事をする業務隊勤務だ。もう一つは全国の方面隊や師団の衛生隊での部隊勤務だ。部隊勤務は平時は訓練が中心だが、災害発生時には国内外の被災地などへ派遣される。

畠山は部隊勤務の道を選んでいる。

なぜか――。

国内外での災害派遣での活躍こそ、自分が迷彩の天使を目指した理由だからだ。

高等看護学院を卒業したのち部隊勤務を始めて一年後、その機会はいきなりやってきた。

東日本大震災――。

畠山知重ではなく新島(にいじま)知重だった日々。目を閉じると、あの日の喧騒(けんそう)が思い浮かぶ――。

4

「CPA、ショック状態、AEDをっ」

救急患者を診ている一等陸尉の医官が叫ぶ。

新島知重は、CPA――心肺停止という単語に、野戦テントから飛びだし、夕暮れの中、AED――自動体外式除細動器を取りに走った。

昨日の三月十一日14時46分、今まで経験したことのない巨大地震が東北地方を襲った。

宮城県の仙台市にある自衛隊仙台病院は、津波の被害は免れたものの、激しい揺れにより水道や電気が止まり、建物にもひびが入り倒壊の恐れがあった。

隣接している仙台駐屯地の東北方面衛生隊にいた新島たちは、発令された「東北地方太平洋沖地震に対する大規模震災災害派遣の実施に関する自衛隊行動命令」に基づき、病院の庭と駐車場にエアドームや野戦テントを張り、臨時の病室や診察室として運用し、昼夜を問わず患者の受け入れを始めた。

地震発生当初は近隣の負傷者が多かったが、一晩明けた今朝からは津波による低体温症の患者や被災地域の病院から重症の入院患者などが、ヘリコプターにより次々と運ばれてきた。徐々に明らかになる甚大な被害状況に驚きながらも、トリアージされた患者の看護に追われている。

近くのテントからオレンジ色のAEDを持ってきて手早く広げる。医官は患者のシャツをはだけさせ、両手を重ね胸に置き、心臓マッサージを始めていた。別の看護官が人工呼吸をしているのを見ながら、患者の胸に電極パッドを正確に貼り患者から離れる。

「電気ショックが必要です。体から離れてください。オレンジ色のショックボタンを押してください」人工音声に続いて医官がボタンを押すと、患者の体が震えるように動いた。

今度は私が両手を重ね、肘を伸ばしたまま強く押して、心臓マッサージを再開する。

高等看護学院で三上教官に教わったとおり口中で、PRINCESS PRINCESSの『Diamonds』を口ずさみながら、リズム——一分間に百から百二十回——に合わせて上体を動かす。

再度ＡＥＤから音声が流れる。
「電気ショックが必要です。体から――」
手を離すと、再び患者の体が震えた。
また、両手を重ねて力を込め『Diamonds』を口ずさんだ――。

患者が蘇生したのちも、慌ただしく時間が過ぎていった。日が暮れても患者の搬入は終わらなかった。二十一時を越えてようやく落ちついたので、駐屯地の食堂で遅い夕食を取っている。昨晩は二時間だけ戦闘服のまま横になった。朝食は菓子パンを少し食べた。昼食を食べる暇はなかったが、なぜか食欲はない。

全身がだるく眠気はあるが、それどころではない。今はまさしく戦時だ。この「事」に臨むために私――いや我々は訓練をしてきたのだ。

自衛隊員になる際には「服務の宣誓」をする。ほかの一般職の国家公務員や地方公務員、警察職員、消防職員なども服務の宣誓を行うが、それらの文言にはない言葉が、自衛隊員の服務の宣誓にはある。

――事に臨んでは危険を顧みず、身をもつて責務の完遂に務め、もつて国民の負託にこたえることを誓います。

自衛隊員は有事や災害などの「事」に備えて日々厳しい訓練を行っている。

箸（はし）を置いてコップの水を口に運ぶ。そしてもう一つの誓詞を思いだす。

高等看護学院の二年次の六月、この身を看護に捧げることを誓う戴帽式（たいぼうしき）を行った。

暗い部屋に灯ったナイチンゲール像が持つろうそくから、手に持つろうそくに受け継いだ炎のきらめきを私は一生忘れない。その炎には、看護に身を捧げた多くの先達の想いが込められていた。

戴帽式で唱えた「ナイチンゲール誓詞」をそっと呟く。

「我はここに集いたる人々の前に厳かに神に誓わん。我が生涯を――」

言葉にすると、炎のきらめきがよみがえる。

「――人々の幸のために身を捧げん」

あの時から私は自衛隊ナース――迷彩の天使となった。人々から理不尽に笑顔を奪う災害には、絶対に負けない。ここは多くの人を護るべき最前線なのだ。

だが身も心もくたくただ。ため息をこぼすとうつむいてしまう。まだまだ始まったばかりの初めて経験する実戦に、心が折れそうになる。

多くの人が無慈悲に理不尽に死んでゆく。あまりにもたくさんの死を目の前にしながら、何もできない無力な自分が心底悔しい。

テーブルの上に栄養ドリンクが置かれた。何事かと思い顔を右横に上げると、懐かしい顔が見えた。

「知重ちゃん、頑張ってるわね……」

恩師の三上は頬をほころばせた。その笑顔に、口は開き、目が見開く。

「きょ、教官、どうして、ここに……」

私の卒業後、三上は自衛隊中央病院に異動となっていたが、私にとっては永遠の教官だ。

「今が『事』だからね。全国の自衛隊員は国防のための最低限の体制を残して東北に駆けつけてきてるはずよ。それに教え子たちが不眠不休で頑張ってるのに、教官だった私がのうのうと過ごすわけにはいかないからね」

五十歳を過ぎた迷彩の天使の大先輩は、右手で戦闘服の胸を何度かたたく。その両襟に付いている三等陸佐の階級章の桜星がまぶしく見える。

自信にあふれる笑顔を見ると、急にまぶたと胸が熱くなった。

「きょ、教官……」潤んだ声が出てしまう。

「ほら、笑わなきゃ、つらいときこそ笑うのよ」

恩師が優しく頭を両手で抱きかかえてくれる。

心地(ここち)よいぬくもりに、凍てついた心がとけてゆく。

私は宮城県北部に設置された高台の避難所から、沈みゆく夕陽(ゆうひ)を見つめている。

震災発生から三週間が過ぎた。全国の自衛隊員を総動員した前代未聞の災害派遣は、初動捜索などが終わり、今は行方不明者の捜索や遺体の回収、復旧作業、福島第一原子力発電所の事故の対応などに追われていた。

私の所属する東北方面衛生隊は、急性期の患者対応が一段落したあとは、ＤＭＡＴなどと協力して避難所での巡回医療支援に当たっている。

今日は、医官一名、看護官二名、運転手一名の組み合わせで自衛隊仙台病院を出発して、初めて訪れる沿岸部の避難所に来ていた。

海からの風に乗って潮の匂いが流れてくるが、夕陽の下には赤黒い廃墟が見える。所々に鉄筋コンクリートの建物は残っているが、それ以外はがれきの野原となっていた。つぶれた赤い屋根、ひっくり返ったままの車、流されてきた船、見たことのない風景に唇をかみ胸に右手を当てる。その手が小刻みに震えていた。

地獄のような風景に見慣れた姿の一団がいる。

自分と同じ迷彩服の陸上自衛官たちは、泥まみれになりながら懸命に、道路の復旧作業を行っていた。

足音に振りかえると三上が近づいてくる。戦闘服の左腕には私と同じように赤十字の腕章を着けている。

「打ち合わせは終わったのですか」

「ええ、彼らにもメンタルヘルスのケアが必要ね」

三上は私の右隣に立つと、眼下の自衛官たちを見つめた。

この避難所のそばで活動しているのは茨城県の勝田駐屯地の隊員たちだ。派遣隊隊長から相談があるとのことで、医官と三上は呼ばれて打ち合わせをしていた。

震災直後に自衛隊中央病院から派遣されてきた三上は、その後も休みを返上してそのまま災害派遣任務に当たっている。東京の自宅では大学生の息子がけがをしたようだが、一度帰宅しただけだ。

「眠れなくなったり食欲がなくなったり精神的に不安定になったりする隊員が出はじめているようね。まあ仕方がないわ。これは災害だけどある意味……戦争だから」

警察官と違って自衛官は死体を見慣れていない。私もこれだけ大量の死に直面したのは初めてだ。

深夜目がさめると泣いているときがあった。あまりにも大きな理不尽の前に、何もできない無力な自分への悔しさとやるせなさが、ずっと胸に渦巻いている。

治療が間に合わず命を落とす人も数多くいた。私にもっと力と技術があれば――と胸に鈍い痛みが刻まれている。

「ほら、そんな暗い顔をしちゃ駄目だって言ったでしょ」

三上の励ますような声に、両手で頬をたたいて口角を上げる。

――看護官は常に笑顔。それが恩師の教えだ。

何とか笑った私を見て三上はほほ笑む。ふくよかな笑顔はあの日と一緒だ。

「そうそう笑顔は幸せを運んでくるのよ。今はつらくても……。あの時と同じようにね」

私が小学校六年生の時だった。二学期が始まってすぐ、それはやってきた。

東海豪雨――愛知県の名古屋(なごや)市に住んでいた私は、父を失った。母と二人でおびえながら避難所で暮らす私に、災害派遣で避難所の医療支援をしていた三上は、常に笑いかけてくれた。いやそれだけではなく、その後、体調を崩して入院した母の見舞いに付きそってくれ、そのまま母を亡くしたあとは、私が遠い茨城県の児童養護施設に入所するまで世話をやいてくれた。

「なんであの時、私にあれだけ構ってくれたんですか……」

今まで聞けなかったことを、思いきって聞いてみた。

三上はまばたきを何度かしたのち、夕陽を見つめる。

「あの頃はね、夫の実家との関係がうまくいってなくてね……。一人息子を夫と夫の実家がある東京で育ててもらって私は春日井駐屯地に単身赴任中だったんだけど、家族を取るか仕事を取るかものすごく悩んでいたときだったの。夫は私の仕事への思いを理解してくれていたけど、しゅうととしゅうとめがね……」

当時の三上はそんなことを少しも感じさせず、いつも笑顔だった。三上は自分と同じように両親とは幼い頃に死別したと、高等看護学院のときに聞いている。

「災害派遣で息子の運動会に参加できなくなってね……。電話の向こうで泣かれるのが、きつくて、つらくて、どうしようもなくて……」

暮れなずむ空を見上げる三上の横顔は寂しげだ。

「私も結婚する前までは、新島だったの」

私は目を見開く。同じ姓だったとは初耳だ。

「それにあなたはね、息子と同い年なのよ」

こちらを向いた三上は柔らかく笑った。

「なんだか、ほうっておけなくてね……」

あの時、三上がいなければ私はどうなっていたか分からない。ありがたい想いが胸に満ちると同時に、今この時に同じように救われるべき人たちがいることを思うと、ありがたさの中に鈍い痛みが混ざる。

「私たちは今、役に立っているのでしょうか……」

三上は珍しくため息をつく。眼下で泥まみれになっている陸上自衛官たちを指さす。

「自衛隊は国家と国民を護る最後の砦なの……。そして私たち衛生科の医官や看護官などは、そんな自衛隊員や国民を支えるアスクレピオスやヒポクラテス、それにナイチンゲールなの。迷彩の戦闘服を着た天使だからこそできる任務に、私は誇りを持っている」

遠くで鳥の鳴く声がした。沈みゆく夕陽がいっそう朱く輝く。その光が愚直に任務に臨んでいる戦闘服の一団を照らしている。

「看護は、深山に咲く桜のように陽の当たることのない行為なの。飾り石のように華やかなものではなく、堀の水で見えない城石のようなもの……。でもそんな目立たない石が、実は城を支えている。そんな看護に従事する者が笑顔でいるからこそ、患者や家族、それに私たちも理不尽や死とも寄り添える」

夕陽が三上の頬を朱く染める。横顔は悩ましげだ。偉大な先輩も現実の理不尽さに打ちのめされているのだろうか。

「それでも死んだ人たちから見れば役立たずでしょうね……。でも救われた人から見れば役に立っている……。他者の評価は気にしても仕方がない。私たちが気にしなければならないのは、その一朝の『事』のために、ふだんから汗と涙を流しているかどうかなのよ。訓練のための訓練と悪口を言われても、訓練でできないことは実戦でもできない……。いざというときにプロフェッショナルとして任務を確実に遂行できるかどうかが、大切なの」

確かにまだひよっこ看護官の私だが、地震直後の混乱の中でも体は何とか動いた。

「ほんとうにそうだと私も思います。初めて心臓マッサージをしたんですが、教官の教えてくれた『Diamonds』が役に立ちました」

三上は満足げにうなずく。

「『Diamonds』はね、私の想い出の歌なの。ちょうど息子を妊娠していた頃でつわりがひどくてね。夫が好きになったこの曲を一緒に聴くと気持ちが落ちついていてね……」

三上は目を細め、頬を緩めた。

「あのね、私たち夫婦には一つの楽しみがあるの。お互い定年になったら還暦のお祝いで豪華客船に乗ってクルーズしようって……。この間パンフレットを眺めていたら、すてきな名前の船を見つけたの。ダイヤモンド・プリンセス号っていうの。夫も気に入って、九年後のクルーズはこの船にしようって意気投合したのよ」

子供のように無邪気に笑う三上に、私もうれしくなる。

「それはいいですね。ダイヤモンドにプリンセスって女子にとって最高じゃないですか。私もいつか乗ってみたいな……」

「まずは好い人を見つけないとね」

「いますかね……。出会いがないですもん」

すねた声を出した私に、三上は柔らかくほほ笑む。

私も満面の笑みを返した。

5

畠山知重は「はくおう」の個室のベッドで寝返りを打つ。

あの現場で出会ったのが、眼下で作業をしていた陸士長だった夫だ。同じ避難所に対する次回の巡回医療支援の際に、痩せ細っていた夫を診察した。避難所で知り合った幼い少女の死に胸を痛め、自らを責める夫に自分の姿と想いが重なった。

夫は同じ一九八九年の生まれで、畠山が中学と高校生活を過ごした茨城県古河市の出身だった。階級が二個上の二等陸曹だった畠山に驚きながらも夫は、避難所に畠山が顔を出すたびに、話しかけてくれたり、仕事を手伝ってくれたりするようになった。

災害派遣が終わり原隊に戻る夫は、最後の日にもじもじしながらも手紙を渡してきた。そこから始まった遠距離交際は一年でゴールを迎えた。

別々の部隊なので一緒に過ごす時間は少なかったが、畠山は幸せだった。両親を亡くしてから憧れつづけた温かい家庭を、やっと持つことができたと思った。

子供が生まれた頃まではよかったが、畠山が幹部になり忙しい日々を送るようになってからすれ違いが増えはじめた。

それでもあの時感じた予感は本物で、私の宝物のはずだ。

ため息を一つついてから、『Diamonds』の歌詞を、そっと口ずさんだ。

十九日の水曜日、今日からは陰性確認者の下船が始まった。畠山は川崎医官と一緒に、乗員の追加のＰＣＲ検査や問診による健康相談を引きつづき行っている。

午前中の任務を終え、防護服を脱いだ戦闘服姿でほっとしながら、待機場所の五階のダイニングルームで遅い昼食の弁当を食べていたら、近くの席に座った川崎が珍しく話しかけてきた。

最初は時候やニュースの話だったが、辺りを見渡してから小さな声になった。

「畠山二尉は任官して何年経ったの」

「そうですね。もう十三年くらいになりますね」

食事を終えたのでマスクを着けて返事をする。

驚いた顔になった川崎もマスク姿だ。

「えっ、僕がまだ八年なのにそんなになるのかい」

「ええ、私の場合、高等看護学院に入学してすぐ二等陸士に任命されましたから」

防衛医科大学校や防衛大学校の学生は在学中は自衛隊員の扱いだ。卒業してから陸海空それぞれの自衛官に任官する。

「じゃあ、なんでまだ辞めてないの」

続いた言葉がしばらく理解できなかった。まばたきを何度か繰り返す。

「任官してそれだけ経てば償還金もないだろう。なんで自衛隊にいつづけるんだい。待遇のいい民間の病院はたくさんあるだろう」

まばたきを止め、川崎の顔を凝視する。冗談ではなく真顔だ。

「川崎一尉は、自衛隊を辞める予定なのですか」

川崎は大きくうなずく。

「もちろん。あと一年経てば償還金も払わなくてよくなるから民間の病院に移る予定だよ。退官した先輩に、もう話はつけてあるからね。ようやくだよ」

胸中でため息をつく。

償還金のない防衛大学校と違い、防衛医科大学校を卒業してすぐ任官拒否する人間は少ないが、九年の間に三分の一は辞めると聞いている。

さまざまな理由があるらしいが、一般の医師と比べて自衛隊病院や部隊での勤務は、医療の対象の多くが健康体である自衛官であり、医者としての臨床経験や実績が充分に積めないことが大きな理由の一つと聞く。自衛官に多い職業病は水虫や骨折、腰痛などだ。

「こんな命を削るような災害派遣に駆りだされても、手当が一日たった三千円だよ。ばからしい。せっかく白衣を着られるのに、戦闘服や制服なんかに袖を通すのは、もったいない」

だんだんと川崎の声はマスクが震えるほど大きくなった。あごを引いて距離を取る。

自衛官はあらかじめ俸給に超過勤務手当分が設定されているので残業代は出ない。だが災害派遣に従事すると通常の場合は日額千六百二十円、作業が著しく困難な場合は三千二百四十円の災害派遣手当が支給される。今回は増額が検討されているが、それに文句をつける自衛官を今まで畠山は見たことがない。目の前で自衛官の待遇について声高に文句を言いつづける川崎も、任官時には「服務の宣誓」をしているはずだ。

「僕はね、自衛官としてではなく医者としてプロフェッショナルになりたいんだ。だから、川崎一尉じゃなく、川崎先生と呼んでくれよ……。頼んだよ」

最後の川崎の言葉に、今度はほんとうにため息をついてしまった。

午後も乗客や乗員の検査、急患の対応などに一日中追われ、くたくたになって「はくおう」の個室に戻ってきたのは、二十二時過ぎだった。

例によってＰＣＲ検査の途中に川崎が疲れを訴えたので、畠山が代わりに行った。

ベッド脇のテーブルに置いてあるスマートフォン――スマホを見ると、夫からの着信で履歴が埋まっていた。災害派遣中なので私物のスマホは現場に持ちこんでいない。慌てて折りかえしの電話をかける。つながると不機嫌な声が返ってきた。

「エリア分けがされていないって本当なのかよっ」

ああ、あのことかと夜のミーティングを思いだす。昨日、神戸大学の感染症の専門家がダイヤモンド・プリンセス号に数時間だけ乗りこんだと聞いた。船内の状況をユーチューブで告発したらしい。動画を確認する余裕などはないが、一騒動になっているようで、防衛省からは隊員の個人装備強化の指示などがあった。

「私が見る限りではきちんと分けられてるよ。まあ寄せあつめの混成部隊だから完璧ではないけど……。優先順位を付けて今できる最善の努力はしてると思う」

二月十一日に日本環境感染学会の災害時感染制御支援チーム――ＤＩＣＴが乗船して、船内の感染対策を確認してもらった。問題なし、という判断だった。ただそのチームは理由は分からないが十四日には下船してしまった。

「それならなんで、感染症のプロが、『ダイヤモンド・プリンセスの中はものすごい悲惨な状態で、心の底から怖いと思いました』なんて言うんだよっ」

殴られたような衝撃が頭を襲う。目に見えないウイルスは怖いが、それでも人手不足の中、災害派遣で来ている自衛隊員たち――いやこの場に臨んだ厚生労働省やＤＭＡＴなどの人たちも、自分自身の名誉のためではなく、苦しんでいる乗客乗員を護るために闘っている。

「そ、それは……」

言葉が続かない。戦場で後ろからいきなり味方に撃たれた気持ちだ。

確かに船内対策本部が置かれている五階のダイニングから階段で下りた、船体中央部の乗船口のある四階は、エレベーターホールの向こう側に船内医務室があり、感染者との接触が起きる可能性があった。ただ船内に出入りする三つの乗船口の内、船尾側は物資の搬入で使われており、船首側は対策本部に行くまでに長く細い廊下を通らなくてはいけなかったので、医療従事者たちが船に乗り降りするのは結局、中央の乗船口しか選択肢がなかった。

船首側の乗船口を感染者の下船口とすれば動線を分けることができたが、乗客の中には高齢者が多く、中には自力歩行できない者もおり、全体の動線を長くするのには無理があった。また状態が悪くなった乗客は、四階の船内医務室に運ばれてから、すぐそばの中央乗船口から救急搬送されることも多く、結局中央の乗船口などはゾーニングがきっちりとできずにいた。

「派遣側だってもう三人も感染したっていうし……。知重は大丈夫なのかよ」

今度は心臓が止まるような衝撃が起こる。

ここに帰ってくる前の夜の検温は、微妙な温度の37・2度だった。今朝測った基礎体温は昨日より0・42度上がったが、ちょうど低温期から高温期に変わるタイミングなので、コロナのせいかどうかは分からない。息苦しさやだるさはまだないが、突然来るかもしれない。

「ええ……大丈夫……よ」

声がかすれてしまう。飛沫を浴びたことを話す勇気はなかった。

「だから反対だったんだよ、今回の災害派遣は。今から一人だけ戻ってくるのは……」

——当然、無理なことだ。そんなことは自衛官の夫も分かっているはずだ。とがめるような声に唾を飲みこむが、申し訳ないという気持ちが湧く。

「それに……。幹護が……」

「どうかしたの。幹護になにかあったの」

息子の名に嫌な胸騒ぎを覚える。舌打ちが返ってきた。

「なにがあったのっ」

「保育園に迎えにいったら泣いてたんだよ……。友達に、『幹護くんのママはばい菌の船に乗ってるから、幹護くんもばい菌だ。幹護くんとはもう遊ばない』って……」

息が止まる。頭の血がすべて下がり心臓が誰かの冷たい手で握られる。目を閉じて唇をかむ。スマホを持つ手が震えはじめる。

「ほらあの療介(りようすけ)っていう仲のいい友達だよ。かなりショックだったみたいで、『コロナのバカ。コロナのバカ』ってわめき散らして、手当たりしだいにおもちゃを投げつづけて大変だったんだよ……。やっと寝たけど明日は保育園に行かないって、さっきまでだだをこねてたよ」

夫の声が遠くなる。畠山は膝から崩れおちた。

着替えることもせず畠山は、ベッドにうつぶせになったまま何も考えずにいた。

いや何も考えたくないのだ。考えると後悔とやるせなさの沼にはまり、抜けだせなくなる。あれから夫の話に適当に相づちを打って電話を切った。息子はもう寝ていたので話ができなかったが、私が話をしたとしても何になるのだろうか。

母親失格――。

そんな単語が頭の中をぐるぐると回っている。全身が鉛のように重い。何もしたくないし、考えたくない。何かを思うことすら罪のように思える。

悔恨とともにため息がこぼれる。

こんな思いをするのなら、いっそ迷彩の戦闘服を脱ぎ白衣の天使だけに専念するべきか、いや白衣も脱ぎ、幹護の母親として常にそばにいてあげることこそが、私の為すべきことなのではないか。私の選択は間違っているのだろうか。だから夫も責めるのだろうか。

でも、でも――。

正解の出ない問いが、全身を鋼鉄の鎖で縛る。息をするのすら苦しい。

幹護の笑顔を思いだそうとするが、悲しげな顔しか浮かんでこない。最後に抱きしめたのが正月休暇で帰ったときだからひと月半しか経っていないのに、その感触すらも思いだせない。

結婚すれば幸せで温かい家族を作れると思っていた。幼い頃に両親を亡くしてから、温かい家庭を持つことを夢見ていた。三上も同じように悩んだのだろうか。

ああ、私はどうすればいいのですか――。

6

翌日の二十日、木曜日もＰＣＲ検査で陰性が確認できた乗客の下船作業が続いた。昨日は四百四十三名が下船したそうだ。

畠山知重は川崎医官と乗員の検査を、十五階のサン・デッキにある大浴場で行っている。開けはなった窓からは、ときおりのんびりとした海鳥の鳴き声が聞こえてくる。

朝の基礎体温と検温では昨晩と同じく37度を少し超えていたが、せきは出ていない。ただ泣きはらしたまぶたは重く、喉が痛い。「はくおう」の部屋を出る前に夫の実家に電話をしたが、誰も出なかった。夫の携帯電話にはかける気が起きず、枕元にそっとスマホを置いてきた。

列に並んでいる乗員の一人がせきをした。周りの乗員が心配げに顔を向ける。

乗客に比べ乗員の生活環境はひどく密だった。窓のない船底の部屋は二段ベッドの四人部屋で、そこにいたのはほとんどが東南アジア系の人たちだった。乗客の船室での隔離は、彼らの献身的な手伝いがなければ成りたたなかったが、検査は後回しにされていた。

拙い英語でやり取りをしながら、黙々と川崎と二人で立ったまま検査を進める。例によって途中からは畠山が検査を行った。

午前中の検査を終えて防護服を脱いで医療支援隊隊長に報告をしていたら、卓上の電話が鳴った。電話を取ってやり取りしている隊長の顔が曇る。受話器を置くと苦りきった顔になった。

「君たちの担当乗客の容体が急変した。至急、向かってくれ」

告げられた船室番号は、恩師の部屋のものだった。


「ごめんね。忙しいのに……」

体温を測らなくても充分高熱と分かるほど、三上の顔は赤く熱を帯びている。測ったら38度を超えていた。苦しげに肩で浅い呼吸を繰り返す、頻呼吸をしている。

昨晩から息苦しくせきが続いているそうだ。再度のＰＣＲ検査を行ったが、結果を見るまでもなく新型コロナウイルスに感染している可能性が高い。

防護服をまた着こんだ畠山は、唇をかむ。私たちに遠慮をしたのだろうか。昨晩、連絡をくれれば早めの対応ができたのに——。

SpO_2——酸素飽和度を測るために持ってきたパルスオキシメーターを、マニキュアを塗っていないのを確認してから、三上の人さし指に挟む。

表示された数値——93パーセントに息を呑む。しばらく数字を見ていたが、変化はない。のぞき込んだ川崎のゴーグル越しの目が見開かれた。

肺で取りこんだ酸素は、流れこんでくる血液中のヘモグロビンと結合して全身へと運ばれる。動脈血中のヘモグロビンの何パーセントに酸素が結合しているかの数値が、酸素飽和度だ。

若者が98パーセント、高齢者だと95パーセント前後が標準値で、90パーセントを割ると呼吸不全となる。新型コロナウイルスによる重症化を測る重要な目安となっていた。

機械を外して、三上の指をもんで血行をよくする。指が冷たいと正常に測ることができない。間違いだと強く念じながら指を温めて、再度機械を付ける。

かたずを呑んで液晶画面の数値をにらむ。

93いや、92パーセント——。

頭を殴られたような衝撃に、目の前が暗くなる。酸素投与が必要な数値だ。

「緊急搬送だ」川崎の叫び声にも体が動かない。川崎が船内用の携帯電話で本部に連絡している。その慌てた声をうつろな頭で聞く。

そんな、まさか、私があの時、強く検査を進言していれば——。

肩に手が置かれた。

こわばる顔を上げると三上は、赤い顔でほほ笑んでいた。

「大丈夫。心配することはないわ」

まぶたが熱くなり視界がかすむ。

「あなたのせいではないのよ。これは罰なの……」


——大丈夫なわけがない。

畠山は本部の机で受話器を握りしめたまま、肩を震わせて奥歯を強くかみ締めている。全身を後悔が貫いている。

三上は三宿（みしゅく）駐屯地内の自衛隊中央病院に緊急搬送された。

東京都の世田谷（せたがや）区と目黒（めぐろ）区にまたがって置かれている三宿駐屯地内には、自衛隊の衛生関係の機関が集中している。衛生科隊員などへの教育を行う陸上自衛隊衛生学校があり、畠山の母校である高等看護学院も三宿駐屯地にあった。

来年には再編が予定されているが、自衛隊には現時点で地区病院が、陸上自衛隊に七つ、海上自衛隊に五つ、航空自衛隊に三つ、合わせて十五ある。

自衛隊中央病院はそれらの地区病院の中枢で陸海空三自衛隊の共同機関としての病院であり、病院長をはじめ医者や看護師などは自衛隊員だ。本来は自衛隊員とその家族のための病院だったが、一九九三年から診療を一般に開放し、二〇一〇年には救急患者の受け入れも開始した。

二〇一七年には東京都が指定する第一種感染症指定医療機関となり、緊急時の対応訓練なども頻繁に行っている。

五百ある病床の内、感染症用は十床のみだったが、ふだんから訓練をしているように病棟をやり繰りして病床を増やし、現在は外国人を含む百名を超える国内最多数のコロナ患者を受け入れている。

三上は人工呼吸器を付けて陰圧の集中治療室――ＩＣＵで治療を受けているそうだ。さらに症状がひどくなると、自発呼吸ができなくなる前に体外式膜型人工肺――ＥＣＭＯ（エクモ）を取り付けなければならない。

その場合、親族の許可があったほうがいいので、畠山は夕食の弁当を食べたあと、乗船名簿に記載された三上の緊急連絡先の携帯電話に連絡をしている。

だが、数十回コールしても誰も電話に出ない状態が続いていた。

東京都の自宅の電話は留守番電話になっていた。念のために要件を吹きこんであるが、折りかえしの電話はまだかかってきていない。

離婚したというわさは、本当なのだろうか。

船側から提出してもらった乗船予約票には、代表者は三上八千代で同行者に夫の名前が記されていた。だが実際に乗船したのは三上独りだったそうだ。差額分の追加料金を払って一人で乗ったのだろう。

乗船名簿の三上の誕生日欄を見て何かが引っかかる。誕生日は畠山と同じで先月の一月三十日だ。昭和三十五年――西暦だと一九六〇年。先月、六十歳になって還暦を迎えている。

ああ、今回のクルーズはあれだけ楽しみにしていた夫婦そろっての還暦の祝いだった——いや、はずだったのに——。夫はなぜクルーズ船に乗っていないのか。予約後に離婚したのだろうか。それならばなぜキャンセルせずに三上だけ乗船したのだろうか。

人気のクルーズ船は予約が難しいらしく、一年半前に料金が発表されるとすぐに予約が埋まってしまうそうだ。三上の予約票も申し込み日時は一年半前だ。

それに罰とは何なのか——。

目の前の紙に目を落とす。自衛隊中央病院から送られてきた三上の濃厚接触者のリストだ。念のため一度目のＰＣＲ検査以降に濃厚接触したと思われる人物を聞きとって書いてある。問診した畠山と川崎の名前の下に、見知らぬ男性の名前がある。

各部屋に配食などをする乗員ではなく、別の階の乗客だ。感染対策をしての散歩以外、基本的に乗客はそれぞれの船室で待機だ。ほかの部屋を訪れることは禁止されている。

濃厚接触ということなのですれ違ったり、あいさつしただけだったりというわけではない。現時点での濃厚接触の基準は二メートル以内での接触だ。三上はこの人物と密な接触をしたことになる。

胸にどす黒い思いが湧きあがる。まさかこの男性が不倫の——。

男性は昨日、陽性となりすでに下船して入院中だ。同室の夫人は、検査では陰性だったが、経過観察でそのまま船室に隔離中だ。三上がウイルスを、うつしたのかうつされたのかは分からない。別の経路で感染したのかもしれない。だがこの非常事態に濃厚接触するほどの人物だ。何か深い関係があるはず——。

三上に直接尋ねることも今はできないし、勇気もない。

大きなため息をつく。取りあえず今できることは、緊急連絡先の携帯電話番号に連絡することだけだ。かぶりを振ってかけ直す。

――九回、十回、十一回。

やはり出ない。何とも言えない虚無感が胸に込みあげてきた。


当直の二等陸曹の男性自衛官に電話対応を申し送り、畠山が部屋に戻ってきたのは二十二時過ぎだった。もう息子は寝ている時間だ。夫からの着信やメッセージはなかった。

着替えずにそのままベッドにうつぶせになる。

夫はもう私にあきれてしまったのかもしれない――。

三上も災害派遣や海外派遣で家を空けることが多かったと聞く。五十五歳になり二等陸佐で定年退官したあとも、国際協力機構――JICAのシニア海外協力隊で活動していると、年賀状に書いてあった。

SNSなどは使っていないので、ときおりの便りだけの交流となっていたが、夫婦仲は悪くなかったはずだ。だが自分の夫と同じように三上の夫にも、壁の隙間に積もるちりのように、不満がたまっていたのかもしれない。

もし今、夫から離婚を言いわたされれば、それに耐える自信はない。

夫も息子も自分が二人を愛するのと同じく、自分を愛してくれていると信じていたが、急に断崖絶壁から底の見えない暗い闇を、のぞき込んでいるような不安な気持ちになってきた。

自衛隊と家族のどちらを取るんだと迫られても、答えられる自信がない。何もかも幻だったような気がしてきた。体温も相変わらず37度を、2、3分超えたままだ。せきは出ないが体はだるい。このままコロナにかかって罰を受けたほうがいいのではないか――。そんなばかげたことまで頭に浮かんでくる。

明日は金曜日だ。一日仕事をすればようやく休めるが、この船から外に出ることはできない。暇つぶしのための小説を何冊も持ってきているが、とても読書する気分にはなれない。

テレビを点けると、どの局もダイヤモンド・プリンセス号での対応の不備を責めたてていた。先日の専門家の告発に重なって、今朝、乗客だった八十代の男女二人が搬送先の病院で死亡した。十三日に神奈川県の八十代の女性が、初めて新型コロナウイルスによる肺炎で亡くなったが、それに続いてクルーズ船で発生した初の死者に、メディアはこぞって官邸や厚生労働省などへの批判を強めている。

「また新たに、厚生労働省と内閣官房の職員合わせて二人の感染が確認されました」

女性キャスターの神福山の声が、責めてくるように胸に突き刺さる。乗客の死亡も感染の拡大も、すべて現場の責任のような論調にいたたまれなくなる。

「クルーズ船ではこれまで船内で業務に当たっていた検疫官と厚生労働省の職員の二人が感染していて、感染が確認された国の職員はこれで四人となりました。ＤＭＡＴの隊員も一人感染しており、支援する側からも五人の感染者を出すという事態に陥っています」

額に手を当てるとほのかに熱い。

――六人目という言葉が頭の中をぐるぐると回る。ああ、どうすればいいのだろうか――。

7

　ダイヤモンド・プリンセス号の迷路のような細い通路を、畠山知重は防護服姿で川崎医官の後ろに付いて歩いている。二十一日の今日も陰性の確認ができた乗客の下船作業が続いている。昨日は二百七十四名が下船した。

　畠山たちは乗員の検査を十五階サン・デッキの大浴場で行うため移動中だ。本日中で後回しになっていた乗員の検査も終了する予定だ。

　朝の基礎体温が37・45度だった。全身の倦怠感（けんたいかん）はあるがせきは出ていない。飛沫を浴びてから四日経った。新型コロナウイルスの潜伏期間は現時点では、平均で五から六日、最長だと二週間とも言われている。

　朝のミーティングで体温を報告したら、念のためPCR検査を受けることとなり、業務開始前に受けた。急ぎで検査してもらうので夜には結果が出る。

　川崎の背中を見ながらため息をつく。隙間なく着けたN95マスクで相変わらず息苦しく、ヘアキャップとフェイスシールド、アイソレーションガウンは熱がこもる。

「僕のそばに寄らず、必要なとき以外は話しかけないでくれ」

　開口一番言われた川崎の言葉が、胸に黒い固まりとなって残っている。

　教授の告発の後からは、テレビやSNSなどでは、ダイヤモンド・プリンセス号はウイルスを増殖させている培地のような扱いを受けている。

六人目——という不吉な言葉に背中に悪寒が走り、体を震わせてしまう。

自衛隊員初の感染者、それも災害派遣として救う立場の衛生科の隊員が感染となれば、マスコミで騒がれる以外に、全自衛隊員から何をしているのかと非難されるであろう。

今朝、夫の実家への電話は通じたが、電話を取った義母は息子と代わってくれなかった。登園の準備で慌ただしいからと言ったが、めいっていた気分がさらに落ちこんだ。

三上の自宅電話からの折りかえしはなかったが、緊急連絡先には何とかつながったようだ。当直からの申し送りにはECMOは了承、訪問はできないとあった。

申し送りをした当人はもう休んでしまっているので確認はできないが、家族が大変な事態に陥っているのに駆けつけてこないとは、何という冷たさかと思う。

理由があったとしてもひどく理不尽な仕打ちだ。コロナという圧倒的な理不尽の上にさらに理不尽を積みかさねられた三上の心情を思うと、胸がはり裂けるように痛む。

——これは罰なの。

三上の最後の言葉が、ずっと胸に引っかかっている。三上が罰を受けるいわれなどない。迷彩の天使として多くの人を救い、支えて護ってきた人が、なぜ罰を受けなければいけないのか。罰ならば神様は何と無慈悲なのか。

自衛隊員の「服務の宣誓」は国家と国民に誓う内容だが、アメリカで生まれた看護師の「ナイチンゲール誓詞」は神に誓う。

神様がいるかどうか畠山は分からないが、天と呼ばれるような人知を超えた大きな存在はいると思っている。神様がいるのであれば三上に罰ではなく祝福を与えてほしい。

細く長い通路の先に、タイベックスーツを着て、重そうなスーツケースを運んでいる生活支援隊の若い自衛官が見えた。隣には案内役の東南アジア系の乗員が付きそっている。制服にN95マスクとゴム手袋を着けているだけの乗員と白いつなぎ姿の自衛官は、下船する乗客たちの荷物をエレベーターまで運んでいた。

単純な重労働作業だが、前の日までずっと一緒にいた乗員が、翌朝いないということがあったと聞く。代わりの乗員に聞くと、彼はＰＣＲ検査で陽性と判断されました、との片言の英語が返ってきたそうだ。

ある隊員が派遣支援隊の隊長にミーティングの際、意見を具申した。

荷物の搬送をしたり、生活物資の運搬をしたり、乗客の下船の際にプライバシー保護のためブルーシートを張ったりすることは、本来自衛隊がするべき任務ではないのではないか。危険な環境であることは確かだが、安全な方法などをほかの機関や団体に伝えて実施させせれば、すむことではないかと——。

隊長はしばらく考えてから言葉を返した。

「この災害派遣(さいはい)では、万が一にも新型コロナウイルスを外部へ漏らして感染拡大したり、支援スタッフが感染したりすることも許されない。そのような国民の支持と期待に応え、多くの人々を護ることができるのは、常日頃から地道に訓練を積みかさねている我々自衛隊員なのだ。国家国民の最後の砦である自衛隊が今、この最前線で『事』に当たらねば、誰がこのような陽の当たらない仕事をこなすというのだ」

若い自衛官がこちらを一度見てから、エレベーターホールに消えていった。

確かまだ二十歳にもなっていない海士長だ。タイベックスーツの下は汗だくだろう。

　通路から階段に向かおうとしていた川崎が足を止めた。畠山も立ち止まる。川崎の視線の先は、海士長の消えた通路だった。

　しばらく川崎は何かを考えていたように見えたが、畠山の視線に気づくと、再度歩きだした。


　一日の業務を無事に終え、畠山は防護服を慎重な手順で脱いだ。医療支援隊隊長に報告を済ませたのち、退船する前に船内に設置された対策本部をのぞいてみた。

　陸海空の戦闘服をはじめ、スーツ姿の官僚たちや職員、赤や青、緑などの各種機関のジャンパーやベストを着ているＤＭＡＴなどの隊員たちの姿が見える。中には連日の疲れからなのか、腕を組んで仮眠を取っている者たちもいた。

　前代未聞の災害派遣は、大混乱の中で始まった。村レベルの人数が乗る大型クルーズ船で感染症が発生したときの対応マニュアルなどは、防衛省にもないし、どの官庁も想定していない。まさしく「国家級の災害」であった。

　ＰＣＲ検査を始めて二日目までは新規陽性者数はそれぞれ十名だった。爆発的な増加ではないと安堵（あんど）した翌日、四十一名もの陽性者数が報告され、その三日後には六十五名にまでなった。当時は中国本土を除けばどの国よりも多い感染者数だった。

　検査のため応援に来た日本赤十字の医師が乗船しようとしたところ、検疫官でないと現場に入れない法律が立ちふさがったりもした。厚生労働省から現場に派遣されていた調整官が、機転を利かせて自分のスマホで写真を撮り臨時検疫官に仕立てあげて何とか乗りきった。

次には、乗客の持病の薬不足が問題として持ちあがった。
「くすりふそく」の垂れ幕がテレビで何度も流されたように、もともとの日程分しか持ってきていなかった薬が切れはじめた。高齢者の乗客が多い中、持病の薬切れは最悪、命にかかわることになる。

医師や薬剤師、自衛隊からも医官や薬剤官を投入し、徹夜作業で乗客から要望された薬の確認や手配、配布を行った。一日で五百件以上の処方に対応して、船室に運び、服用の注意や相談にも乗った。

検疫が当初の目的だったので官邸や厚生労働省は、検査を優先せよと指示をしてきたが、現場では体調を崩し命の危機がある重症患者が増えていた。ＤＭＡＴの現場指揮官は東日本大震災での教訓を元に、本省の指示に対して面従腹背し重症者の搬送を優先した。

その次には感染症患者の受け入れの問題が発生した。現場の神奈川県には感染症患者のためのベッドは七十四床しかなく、まったく足りなかった。神奈川県以外の病院に頼みこみ受け入れてもらったが、増大する陽性患者数に対して圧倒的に不足していた。

そこにまとまった数の患者を受け入れてくれる医療機関が現れた。

一つは開院前だった愛知県岡崎市の藤田医科大学岡崎医療センターで、もう一つが自衛隊中央病院だった。愛知県までの搬送は大変だった。容易に着脱できない防護服のため、運転手の自衛隊員などは紙おむつを着けて長時間の運転を乗りきった。

十日から十五日までが発生ピークの対応期で、山を何とか越えはじめた。そこに投下された爆弾が、十八日の感染症が専門の教授の告発だった。

追加で派遣される予定だった医療従事者たちのキャンセルや活動していた人員たちの撤退が続き、ただでさえ人が足りていない船内活動に大幅な支障を来した。特に大量の乗客下船作業の時期だったので影響は大きかった。

感染対策を優先させるか重症者の搬送を優先させるかなどの思想の違いもあるだろうが、指摘の是非（ぜひ）はともかくとしても、船内活動が大打撃を受けたのは事実だった。

だがそれらも「救える命を救う」の一心でつどった医療従事者は乗り越え、多くの患者を搬送し、千人近い陰性確認者を下船させ、終わりが見えるところまでやっとたどり着いた。

畠山は息を吐く。

でも、その裏には多くの犠牲があることも事実だ。救う人や救われた人、救われなかった人、皆が多かれ少なかれ傷を負っている。搬送された三上の苦しげな笑顔を思い浮かべる。そしてこれから下される自分の検査結果を思う。

何も悪いことはしていないのに、判決を言いわたされる被告人の気持ちになる。

とにかく部屋に戻ろうと一歩踏みだしたとき、声をかけられた。

「畠山二尉」

ふり向くと畠山と同じ看護官の三等陸尉が、書類を手に立っていた。対特殊武器衛生隊から派遣されてきた男性看護官だが、マスク姿なので表情を読みとるのが難しい。

「今朝のＰＣＲ検査の結果が出ました」

淡々とした声で、宣告するかのように書類を掲げて、結果を告げようとする。

目をつぶり耳をふさぎたかったが、何とかこらえてあごを引き唾を飲みこんだ。

8

畠山知重は「はくおう」のベッドで横になりながら、天井を見つめている。入浴も食事も済ませて楽なスエット姿だ。

ＰＣＲ検査の結果は、陰性だった。

検査の結果に一安心したが、まだ偽陰性の可能性もある。土日の間に熱が下がらなければ、再検査を実施する予定だ。そうではあるが、胸の内のもやもやが少しは晴れたような気持ちになり、心なしか体のだるさも取れたように思える。

先ほど夫にかいつまんだ経緯も含めて知らせたら、「まあ、よかったよ」と言われたが、その後に続いた、「でもまだ分からないんだよな」との不安げな声に、安堵の思いが夏の氷のように溶けていった。

本日をもって陰性の確認が取れた乗客の下船と全乗員のＰＣＲ検査は終わった。感染して病院に搬送された約六百名と、無事下船した千名近い乗客、外国のチャーター便で帰国した約八百名がいなくなったダイヤモンド・プリンセス号は、災害派遣当初と比べると火が消えたように静かになっていた。ビニールシートで覆われた乗降口を降りて見上げたダイヤモンド・プリンセス号は、そこはかとなく寂しげに見えた。

日本の長崎で生まれたこの船は、多くの乗客に笑顔と喜びを与えつづけてきたはずだ。まさか全世界が注目するこんな事態の舞台になるとは、船自体も思っていなかったであろう。

だが自衛隊の災害派遣はまだ終わらない。乗客の内、濃厚接触者や経過観察中に症状があった者たちの再検査や病院や宿泊施設への搬送作業が残っている。

すべての乗客を移送し、乗員を降ろし、最後に船長が下船するまでが、ダイヤモンド・プリンセス号での闘いだ。来週中には医療支援は終了する予定だが、輸送支援と生活支援は船長の下船まで続く。一段落したような気持ちになるが、喉に刺さった骨のように苦々しい思いが残っている。

三上の入院した自衛隊中央病院看護部の看護官、米沢優実から先ほど電話があった。

ECMOにつなげるかどうかの瀬戸際の状態らしい。人工呼吸器を付けて容体は一時期持ちなおしたが、肺の写真を見る限り、重症化が進んでいるそうだ。

「新型コロナウイルスの治療法はまだ手探りだけど、もう少し早く感染に気づけていたら、まだいろいろと手を打てたかもしれないって……」

高等看護学院で仲のよかった同期の呟きが胸に刺さる。

畠山と同じ班だった米沢も三上教官を慕い尊敬しており、畠山と同じく二等陸尉の女性幹部自衛官として三上の意志を引き継ぎ、迷彩の天使として任務に就いている。自衛隊中央病院にはICTと呼ばれる感染制御チームがあり、そこに所属している米沢は、感染管理認定看護師の資格を持つ感染症のプロフェッショナルだ。

私があの時、川崎に強く進言していたら、ここまで大事になっていなかったのではないだろうか。このまま万が一、最悪の事態——死に至ってしまったら、私は自分を許すことができなくなるかもしれない。

ため息をつく。祈ることしかできない自分が、もどかしい。

一晩明けた土曜日の朝、基礎体温は37・32度だった。

まだほのかに温かい弁当の朝食を取り、意を決してから、息子が毎土曜日に欠かさず見ているテレビ番組が終わった頃を見計らい、夫の携帯電話に電話をかける。息子の様子を聞いてから電話を代わってもらった。

「ねえ、お母さんは、いつ帰ってくるの」

思いのほか明るい声に、胸に当てていた左手をなでおろす。

「そうね、今日しまちゃんを見たよね」

「うん」とかわいらしい声が返ってくる。

「あと二回か三回、しまちゃんを見たら帰るからね」

うーんと何か考えるようなうなり声がした。

「じゃあ、お別れ会には会えるよね」

「うん……」と返すが、息子がお別れ会と呼ぶ三月十四日の卒園式への参加は微妙だ。今回の災害派遣は思ったより長引いてしまっている。

交代要員としての隊員の追加派遣も検討されたが、騒動は収束に向かっているとの判断で見送られた。災害派遣任務終了後には、二週間の経過観察が義務づけられているので、ぎりぎりの線だ。それどころか万が一コロナに感染していたら、間違いなく参加できない。でもそんなことを息子に伝える勇気は今はない。

「あのね……。いいものを作ってるんだ。お母さんがばい菌の船から早く帰ってこられるように……」

ばい菌の船――という言葉に眉根を寄せてしまう。

「もし、お別れ会にお母さんがいけなかったら、幹護はどうする……」

「やだよ、そんなの」

おそるおそるの言葉に、強い否定が返ってきた。

「りょうちゃんが、お母さんも僕もばい菌だって、ばかにするんだ……」

唇をかんでしまう。何か言おうと思うが言葉に詰まる。

「だから言ってやったんだ。お母さんはばい菌をやっつけるために、ばい菌の船に乗って闘ってるんだって……」

まぶたと胸が急に熱くなり、目を閉じてしまう。

「ばい菌をやっつけてお母さんはお別れ会に来るんだって、りょうちゃんに言ってるから、絶対帰ってきてね……」

「ええ……」涙声にならないように、ゆっくりと言葉を返す。

「ご飯は残さずに食べたの」

「うん。あ、おばあちゃんが帰ってきた。じゃあね、お母さん」

息子との通話は、そっけなく終わり、夫が電話口に出る。

「まあ無理して出なくてもいいよ……。幹護だってあんなこと言ってるけど、いつもと同じように半分は諦めてるよ。今までと同じようにこっちでなんとかするさ……」

夫のとげを含んだような声に、胸に切り刻んだようなさざ波が無数に立つ。

「ええ、また連絡するから……」

通話終了ボタンをそっと押す手が、微かに震えた。

9

水曜日の二十六日をもって自衛隊の医療支援は終了した。

輸送と生活支援はまだ続いているが、畠山知重が所属する医療支援隊は、二十日近い任務を終えて十四日間の経過観察に入った。終了日は三月十一日。十四日の息子の卒園式にはぎりぎり参加できそうだ。

経過観察中は引きつづき「はくおう」の個室で過ごす。この期間は、有給休暇の消化ではなく、ありがたいことに特別休暇が付与される予定だと聞く。もっとも職場復帰のためにリモートでだが、業務の状況確認や連絡をするつもりだ。

経過観察初日の今日、二十七日の木曜日、畠山は朝食の弁当を食べたあと、久しぶりにゆったりとした気持ちでベッドに座っている。ひさびさに飲んだコーヒーは、いつものように豆から挽くのではなく既製のドリップタイプのものだったが、ものすごくおいしかった。

五日続いた微熱も下がったので再検査の必要はなくなったが、経過観察初日のＰＣＲ検査をこれから受ける予定だ。経過観察の最終日にも検査を実施して、陰性であれば無事下船することができる。

ガスマスクのように息苦しいN95マスクと、動きづらく暑い防護服から解放されたと思うだけで心が軽くなる。

あれだけの混乱状態にあったダイヤモンド・プリンセス号だが、幸いにも船内で亡くなった人はいなかった。それでも下船したあとに亡くなった方のことを思うと、もっと何かできたのではないかと無念の思いが胸に広がる。自衛隊員の感染者は今のところ出ていない。だがそれで成功したなどとは口が裂けても言えない。

――事に臨んでは危険を顧みず。

――人々の幸のために身を捧げん。

宣誓した身だが災害の前にはあまりにも無力だった。今回は目に見えない未知のウイルスとの闘いだったが、地震や台風、豪雨、豪雪、噴火、事故など祖国には年間を通じて理不尽な災害がいつ襲ってくるか分からない。

三上の言葉を思いだす。

――自衛隊は国家と国民を護る最後の砦なの……。そして私たち衛生科の医官や看護官などは、そんな自衛隊員や国民を支えるアスクレピオスやヒポクラテス、それにナイチンゲールなの。迷彩の戦闘服を着た天使だからこそできる任務に、私は誇りを持っている。

迷彩の天使――。私もそこに誇りを持っている。

枕元のスマホが振動した。自衛隊中央病院にいる同期の米沢からだ。

医療支援の労をねぎらわれたあと、いきなり本題に入ってきた。

「三上教官のことなんだけど……」

心臓がうずいて鼓動が速くなる。

「ちょっと、やばいかも……」

「どんな状況なのっ」スマホを握る手に力が入る。

「自発呼吸が止まっちゃったから、もうECMO（エクモ）を付けたんだけど、肺の写真がどんどん白くなって……。肺にたまった水を抜くと少し回復するんだけど……」

目を閉じる。全身が後悔の念で熱くなる。

「それより大変なのが、身内に連絡が取れないことなの。自宅は留守番電話だし、緊急連絡先の携帯電話はいつもつながらない。一度だけ深夜につながったけど電波状況が悪くてまともに話せなかった。あれだけ夫婦仲がよかったのに、ご主人はどうしちゃったんだろう……」

こちらで確認したときと同じ状況に、ため息がこぼれる。

「離婚したかもしれないって、先輩たちがうわさしてた……」

息を呑む音がした。

「えっ、そんなの信じられない。おととし、あたしの結婚式の仲人をしてくれたときには、ほんとうに仲むつまじかったのに……」

そういえば畠山が三上と最後に会ったのも、患者だった航空自衛官を口説き落とした米沢の結婚式だった。三次会まで参加してくれた三上と夫は、寄り添いながらホテルに帰っていった。

三上の夫への怒りが胸に込みあげる。

「でも離婚してたってこんな一大事に電話を取らないなんてひどいよ。ていうか会いに来ないのがおかしい」強めの声が出てしまった。

「だよね」米沢も同調する。

「あのさ……。経過観察中で船内隔離だから時間はあるから、私からも電話してみようか」

「ああ、それは助かる。電話番号は分かってるの」

米沢の告げる携帯電話番号は、乗船名簿に記載された緊急連絡先の番号と同じだった。理不尽な行動は絶対に許せない。三上の夫の顔を思いだす。その顔に自分の夫の顔が重なった。

——万が一のこともあるから。同期の最後の言葉に唇をかみ締める。


その電話番号は、やはり昼はまったく電波が通じなかった。深夜にかけて通じることがあったが、長めのコールにもやはり出ない。

しびれを切らして翌日の早朝に起きて電話をしたら、ようやく相手は電話に出た。

「三上八千代さんの看護担当の畠山知重と申します。入院状況のお知らせでご連絡いたしましたが、今お時間大丈夫でしょうか」

「ああ、それならそちらに任せますよ」

確かに電波状況が悪く、途切れ途切れの声だ。出力の弱い無線機を使いながら、敵の妨害電波を受けているような感じで聞きとりづらい。

「八千代さんの容体はよくありません。急変する可能性があるので電話をすぐ取っていただけるとありがたいのですが」

「こっちにだって事情があるんだよ」

投げやりな声に頭に血が上る。

「今日明日にも容体が急変して、し——お亡くなりになるかもしれないのですよっ」

死ぬかも、というはっきりとした言葉は何とか呑みこんだ。

「しょうがないでしょう。好きで船に乗ったんだから」

「そ、それが長年連れそった相手に対する言葉ですかっ」

我慢のせきが切れて怒鳴ってしまった。

「こっちにも理由があるんだよ。家庭の事情をよく知らないくせに勝手なことを言うなっ」

「勝手なことってなんですか。きょ、教官が、かわいそうじゃないですかっ。多くの人の命を救ってきたのに、いざ自分がってときに、家族の誰も、誰も……いないなんて……」

涙声になってしまった。返事はない。

「ど、どんなご事情があるのかは知りませんが——」

まぶたが熱くなり左手で目頭を押さえる。

「せ、せめて、最期くらいは、そ、そばに……」

こらえきれず泣いてしまう。

「海外なんだよ、こっちは。南米の田舎だから電波状況も悪いし、ローミングだから着信料もかかるし、簡単に帰れないんだよ」

相手の声が少し柔らかくなった。

ああ、南米だと日本と昼夜が逆だ。今ごろは夕方くらいだろうか。だから電話に出られなかったのか。

「そ、そうなのですね。それは失礼しました……」

「まあ、いいけど」

「せめて、毎日確認の電話をしてくださいませんか」

ためらうような間があった。

「そんなに悪いのか……」

「ええ……」

「分かったよ、どこに電話すりゃいいんだ」

自衛隊中央病院の電話番号を伝える。念のため自分の携帯電話番号も教えた。

電話を切って、重い体をベッドに投げだす。

天井の淡い光が、まぶしい。

教官、こんなときでも笑わないといけないのでしょうか――。

10

――ありがとう　さようなら　ともだち。

息子たちが歌う『ありがとう・さようなら』に、畠山知重は耳をすます。

保育園の卒園式は、一番盛りあがる園児たちの合唱に入っていた。

三月十四日、土曜日の今日は、昨日までの暖かい春日和（はるびより）と打って変わって、冷たい雨の降る真冬のような寒さだった。それでも保育園の講堂は、我が子の晴れ姿を見つめている保護者たちの熱気に満ちていた。

隣ではスーツ姿の夫が、三脚に載せたハンディビデオカメラを操作しながら鼻をすすった。周りの保護者たちも目が真っ赤で、式場のあちらこちらからすすり泣く声がする。

今日は自分も迷彩の戦闘服や制服、白衣ではなくパステルベージュのジャケットとネイビーのツイードスカートだ。慣れないパンプスですでにふくらはぎが痛いが、今日は息子の晴れ舞台だ。小さな体を左右に揺らしながら、保育園の制服に白いマスク姿で一生懸命に歌う息子を見て、胸がはち切れそうになる。

――ありがとう　さようなら　きょうしつ。

一歳から預けたので、五年近くも通っていたことになる。息子にとっては私より保育士と過ごした時間のほうが長いかもしれない。

十四日間の経過観察をはやる気持ちを抑えながら無事に終え、自衛隊中央病院で三上の様子を確認してから夫の実家のある古河に戻り、何とか息子の卒園式に参加することができた。

小中高等学校が臨時休校となっている中だが、この私立の認可保育園は感染対策を行った上で卒園式を挙行してくれた。参加人数を絞ってくれと言われたので、義父母は参加できず落ちこんでしまった。

開けはなした窓から入る風は真冬のように冷たいが、園児たちの懸命な歌声が寒さを吹きとばしてくれている。

――ありがとう　さようなら　せんせい。

合唱のあとは園児がそれぞれの保護者に贈り物を渡して、卒園式は終わりとなる。どんなものを用意しているのか、それとなく息子に聞いたが教えてくれなかった。夫も知らないらしい。

夫とはまだぎこちないままだ。

下船時のPCR検査は陰性だったが、精度が百パーセントではないのと潜伏期間がいまだ不明確なので、念のため昨晩まで古河駅前のビジネスホテルで独り過ごした。夫とゆっくりと話をする機会がないまま卒園式を迎えた。

久しぶりに会った息子は、私を見つけて駆けよってきたが、その小さな体を抱きしめるのをためらってしまった。

この手に、この髪に、この服に、少しでもウイルスが残っていたらと思うと、自らが病原菌になってしまった気がして、最愛の息子の想いを真正面から受けとめることができなかった。私に抱きつくことのできなかった息子は、不思議そうな顔をしただけだが、そんな私を見つめる夫の眼は険しかった。

でも息子たちの邪気のない清らかな歌声を聞いていると、そんな硬い思いが柔らかくほぐれていくような気がする。

――と思った瞬間、マナーモードにしているスマホが震えた。

自衛隊中央病院の米沢からだ。心臓が冷水を浴びたように、きゅっと縮まる。

けげんな顔をしている夫にスマホを指さして、ごめんと手を振って急いで式場から出る。

「どうしたの」

畠山の小さな声に暗い声が返ってきた。

「きょ、教官が危篤（きとく）なの――」

――ありがとう　さようなら　みんな。

園児の歌声が、ぴたりと止まった。

自衛隊中央病院のガラス越しのＩＣＵにいる三上の体からは、無数の管が機械に延びていた。管には真っ赤な血が流れている。

ＩＣＵの中では同期の米沢たちが、白衣の上に電動ファン付き呼吸用防護衣を着用して対応に当たっている。

畠山は唇をかみ締め、ガラスに添えている両手を強く握りしめた。何もできない自分がもどかしい。厚いガラスに遮られ、中の音すら聞こえてこない。

電話を切ってから夫に事情を話し、コートを着て雨の中、タクシーで古河駅に向かった。そのまま東京の渋谷駅まで移動して、またタクシーに乗り自衛隊中央病院に着いた。

何かあれば米沢から連絡が来ることになっていたが、まさか危篤の連絡とは——。

幸い古河から自衛隊中央病院のある東京の三宿までは一時間半ほどで来られたが、仙台に戻っていたらもっと時間がかかっていただろう。そのまま駆けつけてきたので、卒園式用に用意していた華やかなスーツの上から防護服を着ている。看護部長の先輩の一等陸佐に頼みこんでここまで入れてもらった。

ＩＣＵの心電図モニターの心拍数は50を切り、動脈血圧は60を切っている。呼吸数も異常に少なく不規則だ。

経過観察を終えた直後に見舞いに来たときよりも、はるかに状態が悪くなっている。

ああ、もう助からない——。

私は何もできない。無念の思いと後悔が全身を駆けめぐる。自分の過失が、三上を死に追いやったのだ。悔やんでも悔やみきれない。

それに最期の別れを、すぐそばで見送ることのできない理不尽さに強い怒りが湧いてくる。コロナは親しい人との別れすら、無造作に無慈悲に踏みにじってくる。

ガラスに添えた両拳が、小刻みに震える。

ガラス越しにＩＣＵを見守っているのは畠山だけだった。三上の親族はこの場に誰もいない。米沢の話によれば、畠山が電話した以降はときおり状況確認の連絡が来たそうだ。今回も数日前に今週が山場ですと伝えてあるそうだが、誰もいない。

――ひどい。かみ締めた奥歯が痛む。

迷彩の天使として多くの人を支え護った人の最期が、こんな寂しいものだなんて――。

やりきれぬやるせなさを感じると同時に、自分の将来を思い唾を飲みこむ。

私が死ぬときに夫も息子もいないとすれば、それはあまりにも哀しい。迷彩の天使として生きてゆく自信が大きく揺らぐ。私はいったい何を護ろうとしているのだろうか……。

ＩＣＵのドアが開く音がする。中にいた米沢がそばにやってくる。

「最後のお別れの言葉があるのなら、伝えるわよ……」

ゴーグルの下に見える米沢の眼は真っ赤だ。

目を閉じると出会ったときの三上の笑顔が浮かんでくる。まぶたが熱くなり、こらえきれずにうつむいてしまう。

――看護官は常に笑顔。

恩師の言葉は守れそうにない。耐えきれず涙がこぼれてしまう。目の前がどんどんにじんでゆく。

——ありがとう、さようなら。息子の歌声が脳裏に浮かぶ。

肩に手が置かれた。顔を上げると米沢が泣くのを必死にこらえながら笑っていた。

「知重……」

多くの苦難を一緒に乗り越えてきた友は、今この瞬間も迷彩の天使としての矜持を何とかして保とうとしている。

かぶりを振ってから背筋を伸ばし、いとしい友の顔を見つめる。

「優実……」

何とか言葉を絞りだし、口角を上げる。

「わ、私は……負けない。『ありがとうございました。さようならです。私は笑って見送ります』って伝えて……」

友は柔らかくうなずくと、ＩＣＵへと戻っていった。三上の耳元で友がささやくと、目を閉じたままの三上の頬が緩んだような気がした。

やがて心電図モニターはなだらかに平らになり——止まった。

死してもなおコロナの理不尽は襲ってくる。

新型コロナウイルス感染症で死んだと言うだけで、一般の葬儀会社は引き受けてくれない。どこもかしこも、ほかのお客様のご迷惑になりますからと言葉を濁すらしい。

前もって自衛隊中央病院で米沢たちが手配してくれた葬儀会社での火葬費は、通常一万から一万五千円のところ数倍の八万円の費用がかかった。防護服に身を固めた職員がやってきて三上の亡きがらを特殊な袋に入れて密封して霊安室に運んでくれた。

顔の部分だけが透明になっている袋に一度入れると、もう開けることができないと聞いた。柩に納めてふたをする前に、畠山は最後のお別れをした。管などを外して米沢たちがきれいにしてくれた三上は、死してもほほ笑んでいた。

三上の親族からは万が一の場合、取りあえず火葬などできるところまで済ませてくださいと言われているらしい。明日にでもすぐ直葬するとのことだ。ほかのすべての葬式が終わって誰もいない時間に焼くそうだ。通夜もなく故人をしのぶ機会すら奪われた。

葬儀会社からは参加する人数はできるだけ少なくしてくださいと言われたが、親族がいない中、どこにも連絡がつかないので畠山と米沢の二人だけが参加することとなった。

畠山は、夫に電話で事情を話して今晩は渋谷のホテルで過ごすこととなった。突然消えた私を探して息子は泣いてしまったそうだ。あからさまに私を責めてはこないが、夫の口調にはやるせない思いがこもっていた。

ホテルで何もすることなくベッドに座っていたら、点けっぱなしにしていたテレビから、なじみのあるニュースキャスターの神福山の声が聞こえてきた。

「真冬のような寒さとなった関東地方では、雨が夕方には雪へと変わりました。季節外れの寒さでしたが、気象庁は本日午後、『東京で桜が開花した』と発表しました。平年より十二日早く、統計を取りはじめてからもっとも早い開花となりました」

桜星の矜持を胸に、迷彩の天使として生きた三上は、桜が咲いた日に理不尽に寂しく独りで亡くなった。

膝に置いた両拳が、震えだす。

拳の上に涙が、こぼれ落ちた。

11

迷彩の天使としてその人生を公に捧げた三上の葬式には、菊やらん、ゆりなどの供花もなく、笑顔の遺影もなく、参列者もいない静かな別れだった。

がらんとした夕方の冷えた空気の火葬場で焼香をするだけだ。白い防護服を着た葬儀会社の職員が見守る中、畠山知重は葬儀には場違いな私服の上から葬儀会社の用意してくれた黄色の長袖アイソレーションガウンとゴム手袋を着けて焼香した。

献花用の白いゆりの花を、三上の柩（ひつぎ）に置いて、小さな窓から最後の別れをする。

教官、長い間お疲れ様でした。ゆっくりと休んでください。

昨晩ホテルで泣くだけ泣いたが、またまぶたが熱くなる。何とかこらえて柩から離れる。マスクをした赤い眼の米沢が、距離を取り同じように柩に近寄る。

まだ親族は来ていない。やるせない諦めのため息をついたら、入り口のドアが大きな音を立てて開いた。

マスク姿で帽子を深くかぶっている男性が入ってきた。

職員が男に視線を投げる。

「三上八千代様のご親族の方ですか」

男はうなずいて柩へと向かってくる。

畠山は思わずその進路に立ちふさがって叫んでしまった。

「なにを、今さらっ」

男性の足が止まり、にらむように畠山を見てくる。

「なぜもっと早く来てくれなかったんですかっ。別れたといえども夫婦だったんでしょうがっ。長年連れそった相手に対する思いやりの気持ちはないんですかっ。あ、あまりにも教官がかわいそうじゃないですかっ」

男性はまばたきを何度か繰り返してマスクを少しずらした。やけに若い。

「夫じゃなくて、俺、息子です。おやじはもう死んでますけど……」

畠山は目を見開いてまたたく。

夫でなく息子——。

脇に避けて頭を目いっぱい下げる。

「す、すみません……。わ、私、勘違いしていました」

すっとんきょうな驚きの声をこぼしながら顔が一気に熱くなる。ばか、ばか、ばかと口中で呟く。

「ええ……。焼香してもいいですか」

無言で何度も頭を下げる。

米沢が含み笑いをしながら近づいてくる。

「あんた、なにを勘違いしてたの……」

「てっきり離婚した夫が、意地を張ってこないものだと……。優実……知ってたの」

「あたしもついこの間、知ったんだけど……。見事なたんかだったよ。お蔭様で笑って教官を見送れるよ」

赤い眼で笑う米沢の後ろで、三上の息子がじっと柩を見つめていた。


「俺、本当は来るつもりはなかったんです……」

骨上げが終わったあと畠山は、火葬場近くの公園で三上の息子――三上治仁と米沢を交えて話をしていた。

暮れなずむ空の下、距離を取って芝生に座っている。喫茶店に入ろうと思ったが、なんとなく遠慮してしまい、公園にたどり着いた。

「でも畠山さんに電話で泣かれちゃって……。畠山さんとは会ったことはなかったけど、名前だけはおふくろからよく聞いてたから」

三上の息子は、あぐらをかいて座っている。太ももの上に置いた白い布で包まれた骨壺を、大切そうに抱えていた。

コロナ感染での死亡の場合、骨上げもできない火葬場もあるらしいが、今回の火葬場は大丈夫だった。

三上は焼かれてようやく、コロナの理不尽から解放された。

「勘違いしてほんとうに申し訳ございません……」

頭を再度下げる畠山に、三上の息子はかぶりを振った。

「最後の最後におふくろの笑顔の死に顔を見て、なんてつまらないことで意地を張っていたのかと後悔しました。こんなにもあっさり死んでしまうなんて想像もできませんでした。おやじのときも、おふくろにとっては寝耳に水の出来事だったんでしょう。それを責めていた自分が同じ目に遭うなんて……」

三上の夫の死も急なものだったらしい。去年の春、脳出血で倒れてあっという間だったそうだ。アフリカでシニア海外協力隊として看護の仕事をしていた三上は、死に目に会えず、葬儀にだけ何とか間に合ったそうだ。

それを息子は責めてしまった。看護に命を懸ける母を尊敬していたが、まさか父が死んだ場に母がいないとは想像できなかったらしい。還暦祝いでクルーズ船に乗る話は聞いていたが、てっきりキャンセルしたものだと思ったようだ。それなのに独りで乗船した三上にさらに反発の思いが重なったのだろう。

「おふくろがどんな思いでダイヤモンド・プリンセス号に乗ったのかは分かりませんが、まさかこんなことになるとは……」

畠山も米沢もため息しか返せない。

理不尽な災害はいつも突然やってくる。

畠山からの電話を受けて、急いで日本に戻ってきたが二週間の隔離が必要だったので、三上の死に目には駆けつけることができなかったらしい。

「でも今回、俺も海外で働いておふくろの気持ちが少し分かったような気がします。世界には日本では考えられないような環境で生きている人たちがどれだけ多いか。今回の新型コロナウイルスでもそんな多くの人々が命の危機にさらされると思うと、小さな力かもしれないですけどなんとか役に立ちたいって思うんですよ……。だけどそれをおふくろに伝えることなく亡くなってしまったのが無念で……」

三上の息子は医者になっていた。民間の病院に勤めていたが、母の気持ちを知りたくて海外協力隊に応募してブラジルの奥地に派遣されているそうだ。

「大丈夫ですよ」米沢が口を開いた。「教官、意識がなくなる前に、うちの息子は世界で苦しんでいる人たちのために働いてるんだって、自慢してましたから……」

三上の息子の眼が見開かれる。心なしかその眼が赤く染まってゆく。

やがて三上の息子はゆっくりとうなずいた。涙がこぼれたように思えた。

12

皐月(さつき)の空は青く、澄みきっている。

畠山知重は、五月二十九日金曜日の今日、自衛隊中央病院の屋上ヘリポートで、天にまでつながっているかのような碧(あお)く高い空を見上げていた。

周りには白衣の医官や歯科医官、看護官、薬剤官、技官など衛生職種の多くの隊員たちが同じように空を見上げている。同期で親友の米沢の姿も見える。

畠山は四月一日から自衛隊中央病院の看護部へと異動となった。当初の内示通り沖縄へ行く話が出たが断り、都内で夫と息子のそばにいる生活を選んだ。

夫は、「それでいいのか……」と念を押してきたが、後悔していない。

二人目を授かったら、また夫との関係も変わってゆくと思う。

三上の葬儀が終わり、夫の実家に帰った畠山に息子は一枚の絵を差しだしてきた。卒園式の最後に私たちに渡すために息子が作っていた物だ。

畠山と夫が手をつないでいる絵で、真ん中には笑っている息子の自画像があった。夫の服は戦闘服で畠山のは白衣だったが、戦闘服のみならず白衣も迷彩で塗られていた。

後悔と懺悔（ざんげ）だらけだった胸に、雲間から光がさすように感謝の想いが湧きあがり、畠山は息子を力強く抱きしめた。そのあと息子が夫に聞こえないように畠山にささやいた。

「お父さんね、お母さんがばい菌の船に乗ってから、ずっと大好きなコーヒーを飲まずに我慢してたんだよ」

こちらを見た夫が、はにかんだように思えた。

あとから義母に聞いたところ、夫はダイヤモンド・プリンセス号に災害派遣が決まった畠山を死ぬほど心配してくれたようだ。

ありとあらゆる情報を取りつかれたかのように調べたようだが、ネットの情報は玉石混交（ぎょくせきこんこう）だ。たちの悪い情報を信じてしまい、義父母もとまどったそうだ。

私への当たりの強さは、愛情の裏返しだったのだと思う。

――私はこれからも、迷彩の天使として生きてゆく。そして家族も護れる強さを持ちたい。

三上の火葬が終わってから数日後、米沢から手紙が届いた。中には三上からの手紙が入っていた。三上の息子と三上の荷物を整理していたら、出てきたそうだ。

知重ちゃんへ
久しぶりに会ったのに、ろくに話もできずにこんなことになってしまって、ごめんなさいね。

私はもうたぶん助かりません。ウイルスの怖さは身をもって知っています。

まず言っておきます。今回の感染と発症はあなたの責任ではありません。もっと早く対処できていればとあなたは思うでしょうが、それは私の責任であり、私が受けなければいけない罰なのです。

私は夫の死に目に会えませんでした。共に過ごしてきた人生の最後の一歩に、寄り添うことができなかったのです。夫には多くの我慢を強いてきました。それなのに何よりも愛すべき者の最期をみとることができなかった罰を、私は受けたのです。

夫が定年になるまでは、私も世界の困っている人を救い護り、還暦のクルーズでお互いの新しい出発を祝い、ゆっくりと過ごす予定でした。

夫を失ってから死んだように生きていました。これではいけないと思い、区切りを付けようと当初の予約通りダイヤモンド・プリンセス号に乗ったのですが、それが仇(あだ)になってしまうとは思いませんでした。

どこで歯車がかみ合わなくなってしまったのだろうかと世の中の理不尽を恨みましたが、もともと人の生死を何とかしたいなどとは、思いあがった人間のふくらみすぎた願望なのです。

人は生まれ、いつか死ぬ。その間の苦しみを癒やすために寄り添うのが、医療であり看護なのです。それだからこそ、愛してくれる人の想いを無にしてはいけないのです。最期にあなたと出会えたのは、神様が成長したあなたの姿を見せてくれたからなのでしょう。立派になりましたね。あなたは私の自慢の教え子です。

天に召されても、あなたの活躍を応援しています。

笑顔を忘れずにね……。


懐かしいが少し震えた三上の文字を、泣きながらなでるように何度も何度も読んだ。

三上の濃厚接触者だった五十代の男性は、神奈川県の病院に入院していた。退院後、自衛隊中央病院に電話が来たそうだ。米沢から三上の最期を聞いて絶句したあと、男性は事情を話した。男性は東日本大震災の罹災者で避難所で三上に世話になったらしく、ダイヤモンド・プリンセス号で再会したそうだ。その日は発熱して不安になり、乗員の目を盗んで三上の元へ相談に行ったらしい。自分がうつしてしまったのではないかと男性は、最後は涙声になった。

四十九日の法要の日に、米沢からその話を聞いたが、不思議と怒りは湧いてこなかった。誰のせいでも何のせいでもない。誰かを恨んだり憎んだりしても問題が解決されるわけではない。ただ理不尽に対して、背を向けて逃げてはいけないと思う。

今日の午前中、自衛隊中央病院で一緒に勤務することになった川崎医官と一緒に、発熱外来のＰＣＲ検査を行っていた。途中また検査を畠山が実施したが、終了時にやはり川崎は全部自分が実施したことにしといてくれと頼んできた。

「いいえ、それはよくないと思います」

きっぱりと断った畠山に川崎は目を丸くしたが、やがて、「それはそうだな」と頭をかいて苦笑いをした。

理不尽なことには負けてはいけないし、流されてもいけない。

これからも、「どうすればいいのだろう」と迷うことは多いかもしれないが、今できる最善のことを為してゆくしかない。

「あっ、来たよっ」

米沢の叫び声に、全員が皐月の空を見上げ、歓声を上げる。

航空自衛隊の六機編隊のブルーインパルスが、白いスモークを吐きだしながら、東京スカイツリーの方向から東京タワーに向けて飛んでくる。

都心の空をブルーインパルスが舞うのは、一九六四年の東京オリンピックで鮮やかな五輪旗を描いてから三度目のことだ。

この瞬間も闘っている医療従事者への感謝を込めて、碧い空に真白い線を描いてゆく。

ダイヤモンド・プリンセス号は船内を消毒して三月二十五日に喧騒の過ぎさった静かな大黒埠頭を離岸した。最終的には三千七百十一名の乗員乗客の内、三千六百二十二名のＰＣＲ検査を実施、その内、陽性者数は七百十二名で、病院への搬送者数は七百四名となった。多くの人の尽力により船内で亡くなった人はいなかったが、下船後、三上を含め十数名の死亡者が出た。

三月十六日に終了したダイヤモンド・プリンセス号への災害派遣には、予備自衛官を含め延べ約二千七百名の自衛隊員が任務に当たった。

クルーズ船に乗りこんだ厚生労働省の検疫官や船会社の医師らは九名が二次感染したが、自衛隊員は幸いにも一人も感染することなく任務を終えた。最大時で百名を超える患者を受け入れた自衛隊中央病院でも院内感染は起こしていない。

それ以外にも、一月二十九日に中国の武漢から邦人とその家族を帰国させるためのチャーター機に、二人の看護官が乗りこんだことから始まって、空港でのPCR検査の検体採取支援や帰国者の輸送支援、宿泊支援、生活支援などへの災害派遣に延べ八千七百名が活動した。引きつづき検疫支援や水際対策で多くの自衛隊員が、最前線で目に見えない恐怖と闘っている。

ダイヤモンド・プリンセス号での対応により、医療従事者たちは多くの教訓を得た。「選択と集中」というのが基本コンセプトの神奈川モデルは、直ちに治療しないと死にいたる「重症」と、治療を後回しにしてホテルや自宅療養で対応する「軽症」という概念のほかに、手厚い医療的な管理が必要な「中等症」という概念を生みだした。死者を減らし、医療崩壊を防ぐためのこの考え方は、国のコロナ対策に反映されると聞いている。

ダイヤモンド・プリンセス号でのコロナとの闘いは終わったが、未知のウイルスは拡大を続け、多くの人の命を無慈悲に奪っている。昨日時点での国内の累計感染者数は、一万六千名を超え、死亡者は八百名を超えている。

二度目の東京オリンピックは一年の延期が決まり、四月七日には東京都をはじめ七都府県で緊急事態宣言が発令され、四日前の五月二十五日まで続いた。

多くの商店が休業し、夏の全国高等学校野球選手権大会も中止となった。

それでも理不尽に負けずに多くの人は、愛するものを護ろうと必死に闘っている。

誰かを責めたり批判したり罵倒したりする声もあるが、それよりも私は、お互いをいたわり慈しんだり慰めあったりする声を信じたい。

目に見えない未知のウイルスが怖いのではない。それによって人と人との絆が壊れるのが恐ろしいのだ。そんな不変の真理を、ウイルスは我々に問うているのではないだろうか——。

だからこそ私は、悩みとまどいながらも、笑う。

青空に伸びてゆく六本の白い線を見ながら、私は天に祈る。

——どうか多くの人が、笑顔でありますように。

迷彩の天使たちの上を、ブルーインパルスが通り過ぎてゆく。

皐月の空は高く、どこまでも透きとおっていた——。

〈主要参考文献〉

『世界を敵に回しても、命のために闘う　ダイヤモンド・プリンセス号の真実』　瀧野隆浩　毎日新聞出版
『コロナ下の奇跡　自衛隊中央病院　衝撃の記録』　石高健次　南々社
『自衛隊ナース物語　自衛隊中央病院高等看護学院』　大野広幸　日本写真企画
『自衛隊感染予防ＢＯＯＫ』　Ｊ Ｗｉｎｇｓ別冊編集部　イカロス出版
『令和２年版　防衛白書』　防衛省
『ＭＡＭＯＲ』２０２０年８月号　ＭＡＭＯＲ編集部　扶桑社
『命のクルーズ』　高梨ゆき子　講談社

そのほか、防衛省、各自衛隊駐屯地と基地、医療機関などのウェブサイトを参考にいたしました。この場を借りて御礼申しあげます。

自衛隊の災害派遣について

神家正成

自衛隊の任務は、自衛隊法第三条に定められています。全部で三項ありますが、第一項にはこう書かれています。

「自衛隊は、我が国の平和と独立を守り、国の安全を保つため、我が国を防衛することを主たる任務とし、必要に応じ、公共の秩序の維持に当たるものとする」

国家防衛というべき『主たる任務』の際には、同法第七十六条「防衛出動」が発令されますが、二〇二三年三月現在、一度も発令されたことはありません。

それ以外には、必要に応じ、公共の秩序の維持に当たる『従たる任務』があります。

その中でも、同法第七十八条「治安出動」などは、発令実績がありません。

それに比べて同法第八十三条「災害派遣」は、警察予備隊時代の一九五一年十月のルース台風で初めての派遣がなされてから、すでに四万二千件を超える出動を数えています。

実績と国民の自衛隊に期待する役割から考えれば、災害派遣こそが『主たる任務』になっているともいえるでしょう。実際に自衛隊員への志望動機でも、災害派遣で活躍したい、という声が多いと聞きます。

「自衛隊は便利屋ではなく、国防こそが本来の任務である」という意見もありますが、多くの国民は災害派遣に従事する自衛隊の活動を、頼もしく好もしく思っているのではないでしょうか。

ここ数年の災害派遣の実績は、年間四百から五百程度で推移しています。一日一回以上の数ですが、その内の七、八割は、離島などにおける急患空輸が占めています。延べ人数で数千人規模の自衛隊員を投入する大規模災害派遣は、多くはないのです。

その中でも特殊な派遣事例となったのが、「迷彩の天使」の舞台となった二〇二〇年のダイヤモンド・プリンセス号における災害派遣です。通常とは勝手の違う、目に見えないウイルスとの闘いという今まで経験したことのない形の災害派遣でした。

そこで主力となったのは自衛隊中央病院をはじめとする自衛隊の医官と看護官、薬剤官などでした。ふだんは自衛隊員の治療や健康管理などを行っている「衛生」という職種の隊員たちです。

自衛隊の任務　概念図

本来任務	主たる任務	我が国の防衛　我が国の平和と独立や国の安全を自衛隊の活動により直接確保する活動	・防衛出動	発令実績なし
	従たる任務	公共の秩序の維持　我が国の治安または国民の生命や財産の安全を自衛隊の活動により直接確保する活動（機雷の除去や在外邦人などの保護措置や輸送を含む）	・治安出動	発令実績なし
			・海上における警備行動	発令実績３回
			・**災害派遣**	**発令実績多数**
			・**領空侵犯に対する措置**	**発令実績多数**
		重要影響事態への対応　重要影響事態に対応して行う我が国の平和および安全の確保に資する活動		
		国際平和協力活動、国際平和共同対応事態への対応　国際協力の推進を通じて我が国を含む国際社会の平和および安全の維持に資する活動		
付随的な業務		土木工事等の受託、教育訓練の受託、運動競技会に対する協力、**南極地域観測に対する協力**、国賓等の輸送など。自衛隊法第８章（雑則）等で規定されている。		

自衛隊の任務に関する概念図。

出典：令和2年版防衛白書

ダイヤモンド・プリンセス号から患者を病院へ搬送するために、乗船口で待機する自衛隊の救急車。

出典：防衛省Twitter

自衛隊は同時にそれらの隊員を支える食事や寝床などの兵站（へいたん）も自ら担えます。警察や消防と違って、長期の任務を完遂できるのは、軍隊という自己完結組織だからです。

特別職の国家公務員である自衛隊員は、災害派遣に従事すると特殊勤務手当として日額で一千六百二十円、著（いちじる）しく危険な作業の場合は三千二百四十円が支給されます。また災害派遣での功績によっては防衛記念章が付与されます。

だが多くの自衛隊員はそれらのために災害派遣に臨（のぞ）むわけではありません。「救える命を救う」という熱い想（おも）いで挑むのです。

それと同時に国民の注目を浴びる災害派遣ではなく、目に見えない場所で国防という地道な任務に従事している自衛隊員も多くいることを忘れてはいけないと思います。

東日本大震災での被災者の救助活動の様子（第10師団）。
出典：統合幕僚監部ウェブサイト

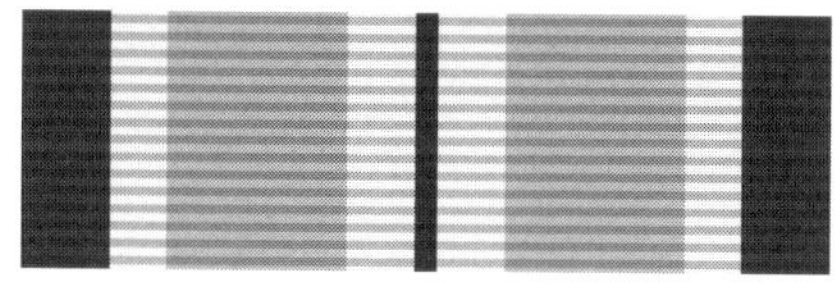

第43号防衛記念章。制服の左胸に着用する。

氷海

山本賀代

作者から

海上自衛隊には様々な役目を持った艦がありますが、その中でも鮮やかな色を放つ砕氷艦「しらせ」は南極へ向かう艦とされています。防衛省では「砕氷艦」と呼ばれていますが、文部科学省では「南極観測船」と呼ばれており、今回の物語の舞台と致しました。

戦闘用武器を持たない砕氷艦の任務とは、南極にある昭和基地へ物資と人員を輸送し、そして観測に関する支援を行うことです。

一人前になりきれない主人公は、任務完遂のために様々な困難に対峙しながら南極へ向かいます。

長年続いてきた南極地域観測隊の情熱のバトンを繋ぐために、日々奮闘している自衛官の熱い想いが読者の皆様に届きますように。

山本賀代（やまもと・かよ）

2016 年 9 月に潜水艦乗りの海上自衛官が登場する『ダイブ！　潜水系公務員は謎だらけ』が「第 2 回お仕事小説コン」にて特別賞を受賞しデビュー。第二作『ダイブ！　波乗りリストランテ』では護衛艦の調理担当の海上自衛官を主人公に描いている。

第一章　帽振(ぼうふ)れ

「出港用意(よーい)」

横須賀(よこすか)基地の逸見(へみ)岸壁に掛けられた舫(もやい)が外されると、威勢のいい号令と共に、軽快なラッパが全艦に響き渡った。

航海士の三津田流至(みつたりゅうじ)は、航行の指揮や操艦、通信が行われる人間の体でいうところの脳みそに当たる艦橋で、大きなため息をついた。

三津田は春の人事異動で護衛艦から砕氷艦「ゆきはら」に配置替えされた二十六歳。幹部と呼ばれる階級の中で、下から数えて二つ目に当たる若手の二尉だ。

普段は眠そうにとろんとした目をしているが、本人に全く悪気はない。

「おい、早速ため息？　どうしたの？」

この艦のナンバー2である副長の仁方淳博(にがたあつひろ)が三津田の顔をのぞき込んだ。白髪交じりの四十歳で、すらりとした長身から伸びた細長い四肢、そして謎めいた切れ長な瞳をしている二枚目だ。

三津田は背筋を伸ばし、「なんでもありません！」と声を上げた。

「まあ、港を出るのは辛(つら)いよ」

仁方の言葉に三津田は、うっかり頷(うなず)いてしまった。

「ほうら、図星だ」

港を発てば友人に会えないだけでなく、親戚の慶弔行事にも参加できない。ワッチと呼ばれるシフト体系が組まれ、土日返上、二十四時間勤務、上官の顔を拝まない日はない。

トラブルが発生すれば四六時中、就寝中であっても叩き起こされるのだ。

分かっているつもりだったが、「こんな筈じゃなかった」という後悔の念に、三津田は苛まれていた。

その始まりは、広島県の南にある江田島で経験した幹部候補生学校時代に遡る。約半年にも及ぶ遠洋航海を経て帰港した時、肌に触れた空気が変わっているのを感じたのだ。

港に帰った頃には季節が変わり、流行り廃りも追いかけられない内に、世相も変わっている。艦に乗って港を出るというのは、海上自衛隊という組織に隔離され、自分だけが仲間から取り残されるということなのだと痛感した。

南極へ行きたい、だから砕氷艦の乗員になりたい、と自ら希望する隊員も少なくない中、三津田は護衛艦の中でも、港での停泊期間が長い艦を希望していた。

なぜなら海上自衛官は、乗る艦こそが運命の分かれ道になる。

陸で自由にスマホが使え、自宅のベッドで眠ることができる期間が長い艦を望んだものの、易々と人事希望を通す組織ではないと気づいた時には後の祭りだった。

三津田の目の前にある真っ赤な専用椅子には、艦長の吉浦彰一が腰を据え、双眼鏡から睨みを利かせている。

仁方の三つ年上で中肉中背、腹こそ突き出ていないものの、「鍛え上げられた」とは言えない体格だ。
決して男前ではないが、海上自衛官らしからぬ色白のおかげで、年の割には小綺麗に見える。横須賀基地を見渡すことができるヴェルニー公園では、乗員の家族や親族が、静かに艦を見送っている。

吉浦が合図を送ると、岸壁一帯にボウ、といつもより長い汽笛が三度響き渡った。面と向かって彼らに告げることができなかった「行ってきます」を代弁しているようだった。

海上自衛隊の艦の中でトップクラスに大きいとされる「ゆきはら」は、約百八十名の海上自衛官と、約三十名の南極観測隊を乗せ、日本から南へ一万四千キロ離れた、地球に残された最後の秘境へ続く航路を進み始めた。

例年通りであれば、今日は晴海埠頭で華々しい出国行事が開かれる筈だったのだが、新型コロナウイルスの感染リスクを下げるため、全てのイベントで規模が縮小され、声高らかな万歳も激励の握手も行われなかった。

前年と比較してうんと少なくなった報道陣の隣で、「帽振れ」の号令を受け、見送る自衛官達の帽子がまばらに揺れている。

「今年は地味に港を出たなァ」

吉浦の背後で、二本の黄ばみがかった歯がニッと見える。語尾を妙に鼻にかけ、年老いたセイウチのように見えるのは航海長の川尻兼正だ。

運航に関する権限を与えられた運航幹部というのが数名いるが、川尻もまた五十歳のベテランだ。左の袖からはシチズンの電波時計と縞瑪瑙の数珠がちらちらと見え隠れしている。

砕氷艦「ゆきはら」、またの名を南極観測船と呼ばれるこの艦の任務は、南極で学術研究を行う南極観測隊員の輸送、及び、彼らが約一年間、南極大陸で過ごすための物資の輸送、昭和基地の設備等の増改築を行う基地設営支援、そして南極周辺での観測支援を行うことである。

世界中を襲った新型コロナウイルスの脅威により、「ゆきはら」は前代未聞の条件を突き付けられていた。

無寄港、無補給。

そして本来五か月で終える任務内容は変更、航海期間は百九日に短縮された。

例年通りであれば、オーストラリアの西部にある港、フリーマントルに寄港し、空路で到着した南極観測隊が「ゆきはら」に乗艦する。

今回の出港は横須賀基地から南極への航海における全ての物資と南極観測隊を乗せ、十四日間隊員と乗員を洋上停留により隔離し、港を発った。

「誰も成し得なかったことを、果たしてやり遂げられるのだろうか」

三津田の胸の内には後悔と不安が入り交じっていた。

「両舷、前進微速」

「ゆきはら」は艦船が輻輳する浦賀水道を抜け、外洋へと近づいていた。

「おい！　航海士！　リコメンドはまだかァ！」

方位を示すジャイロコンパスの前で腰を曲げていた三津田は、川尻に怒鳴られてバネのように上体を起こした。

「針路は何度にしたら良いんだァ！」

　車が道路を走るように、艦は航路に沿って波を切る。艦の進行状況を航海長に進言するリコメンドという作業があり、舵を切るポイントとなる変針点を通過する前に、随時、航海士は艦を動かす役目を背負っている当直士官に進言しなければいけない。

　川尻は肩書の通り航海における権限を持ち、三津田はその補佐ができなければならないのだが、ほんの数秒リコメンドが遅れてしまったのだ。

「はい！　すいません！　艦橋変針十分前になりました！」

「了解」と返事をした吉浦と他の当直士官の声を、再び川尻の罵声が遮った。

「遅えんだよ！　ボヤッとしてる間にも、艦は前に進んでるんだ。わかるかァ？　面舵、取舵を取らないといけねえだろうがァ！　なんとか言えェ！」

「はいっ！」

「ゆきはら」の運航幹部の中には艦長経験者もおり、練度の高い幹部の人員が海上自衛隊で最も充実していると言われている。

　昨今、暴力を伴う指導は処罰の対象になっているが、未だに川尻世代の隊員は、次世代の高級幹部育成を半ば叱咤と捉えている節があり、三津田に向けられる視線は鋭かった。

　やたらと若手に厳しい川尻は、海曹と呼ばれる下士官から部内試験を受け昇進した、叩き上げのB幹と呼ばれる二佐である。

　三津田と違って既に幹部の中でも中堅の域に居る川尻は、護衛艦の副長に昇任し、さらに「ゆきはら」に転勤となり運航の指揮をとる運用長、そして順調に航海長に上り詰め、三津田よりも長く南極行きに携わってきた。

一般大卒で幹部候補生として入隊した三津田は、川尻にとっては掴（つか）みどころのない、若手幹部として見られている。

この日の三津田は、大声で返事をするだけで精一杯だった。


海上自衛隊のほとんどの艦は、オレンジ色とクリーム色を基調とした「ゆきはら」と違い、水平線と同化するよう、パレットを混ぜくりかえしたような野暮ったい鼠色（ねずみいろ）を採用している。護衛艦が凍てつく鈍色（にびいろ）の北風ならば、「ゆきはら」は縁起の良い太陽なのだ。

「ゆきはら」という名前は、日本人として初めて南極大陸へ足を踏み入れた白瀬矗（しらせのぶ）が命名した大雪原「大和雪原（やまとゆきはら）」から名付けられた。

開拓魂溢（あふ）れる白瀬の精神を宿している「ゆきはら」は、太平洋の穏やかな波に艦体を浮かべながら、レイテ沖まで南下した。

日本を離れて約一週間が過ぎていた。

じりじりと突き刺さるような強い夏の日差しが艦体に照り付ける。上陸中に潮気が抜け、勘が鈍ってしまった体に、徐々に波のリズムが蘇（よみがえ）ってくる。

三津田は洋上慰霊祭で真っ白な詰襟を身に纏（まと）い、哀悼の祈りと共に、閑（のど）かな海へ敬礼を向けた。

かつてこの海域では、軍艦から立ち上った黒煙で空は濁り、血と涙が水面に広がっていた。

「捧（ささ）げ銃（つつ）！」

英霊となった彼らの安らかな眠りを醒ます戦争が、この大海で二度と起きないように、人々の滾る想いが込められた銃声が青空に響き渡った。

三津田の肩が一瞬跳ねた。訓練で何度この音を聞いても慣れることはない。

むしろ銃声で体が小さく震える度に、自分の覚悟を問われている気がするのだった。

自衛隊の門を叩いた時に湧き上がってきた感情を、三津田はすっかり忘れてしまっていた。

熱く燃えるようなあの気持ちを、呼び起こしたいのに戻ってはこない。

入隊四年目にして、三津田は職務に対する情熱を失いつつあった。


慰霊祭を終えた後、三津田は体操服に着替え、再び甲板に向かった。自衛官たるもの、精神力だけでなく体力も資本の内である。

艦では、体が鈍らないように、甲板をマラソンのトラックに見立てたランニングなどの艦上体育を推奨している。

広い艦内を行き来し、ラッタル（階段）を昇り降りするだけでも体力は使うのだが、港に停泊している時と違うのは、通勤がないのと、旨い艦めしが出ることだ。

少しでも気を抜けばたちまち腹回りに贅肉が付いて、制服はパツパツになる。

――川尻のような腹になってはいけない、川尻のような腹には……、川尻のようには……。太り倒しておいて正論を言い、情熱とやる気をすっぱり削いでいく才だけはピカイチの川尻。あのでっぷりした腹のせいで視覚的に、川尻の存在を否定してしまうのだ。

黄土色をした川尻のダミ声が、頭の中で反響している。

声を上げた本人は、きっと言ったことさえ忘れて夜もぐっすり寝ているのだろうと思うと、余計に腹立たしくなった。

暗澹（あんたん）たる想いをかき消す様に甲板を力の限りダッシュすると、忽（たちま）ち息が上がる。

「ハァ……ちきしょう」

息も絶え絶えになり、甲板の隅で両膝に手をついた。

怒られっぱなしの自分、いびりっぱなしの川尻へと向けられた胸の内が、口をついて出てしまった。

その時、三津田の目の前を、例の黒い数珠が通り過ぎた。

――ヤバい、川尻に聞かれたのでは……！

慌てて顔を上げると、そこに立っていたのは鍛え上げられた筋肉を惜しげもなく見せつける仁方だった。

自衛官でありながら、神様から二枚目という厚遇まで与えられているのに、漆黒の数珠とはミスマッチだ。

「ん？　どうしたの？」

ギロリと睨まれると、胸の内をのぞきこまれた気がした。

「川尻さんかと思いまして――」

三津田は数珠を指さした。

「ああ、なるほど。航海長と勘違いして、ビビり上がったんだね」

三津田は図星を指され、目を泳がせた。

「航海長のしばきは、吉浦さんも僕も通った道。あれでもマシになった方なんだから」

仁方はそう言いながら眉尻の古傷に指を遣ると、ファイティングポーズをとった。

肉体的な苦痛をもって指導することが、当然とされていた時代を仁方が生きた証である。

「航海長が仰ることはもちろんなんだけど。僕とか吉浦さん世代の人間にとって当たり前だった慣習が、三津田世代になるとパワハラとか暴力、いじめなんだろうね。しばきこそ愛情、なんて時代があったのさ」

川尻の罵声が自分に向けられた愛だとは、内心全く同意できない。

「しばきごときに耐えられない奴はどの道、艦を下りることになる、残った者だけが艦に留まる許可を得る、そういう時代だった」

海の上は待ったなし、言葉の通じない敵国だけではなく、まずは容赦ない自然を相手にしなければならない。少々鞭打たれたくらいで折れてしまう精神力では、大海原を突き進む船乗りは務まらないのだ。

「今は、鞭打つことがパワハラになってしまうんだけど」

伏し目がちな三津田に「君のことを責めている訳じゃないよ」と仁方は宥めた。

「海上自衛隊も変わりつつあるけど、組織を動かしてるのは人間だからね。人間はそう簡単に変われないものだよ」

「私の知識も精神も未熟なので……仕方ないです」

「それは、僕に対する建前ね。辛い時は辛いで良い。その気持ちを自分一人くらいは認めてあげなきゃ」

三津田の肩を軽く叩くと、仁方は再び颯爽と走り出した。

仁方の背中が見えなくなると、三津田は甲板の隅でスマホを取り出し、上陸中に受信していた転職エージェントからのスカウトメールを開いた。

現実逃避のために登録しているが企業が提示する「土日祝日は休み！」という条件が、どれも垂涎のまとに見える。

ただ「アットホームな職場！」という文言からは目を逸らした。寝食を共にする艦はそれこそホームである。アットホームな職場などもうこりごりだ。

厳密に言えば、この職場から逃げたいのではなく、川尻から逃げたいのだ。ただそれでは、罵声ごときに耐えられない弱虫だと認めてしまう気がして、不甲斐なく悔しい。

最後に職場で笑い声を上げたのはいつだったのかさえ、三津田は思い出せなかった。


翌日も艦橋でワッチについた途端に、川尻の威嚇が再来した。

「おい、航海士！」

艦橋の端から端まで川尻のダミ声が響き、血走った目で睨まれた三津田は、石のように固まった。

「変位量は？」

川尻は艦の位置が予定航路からどれだけ外れているのかを尋ねた。

「はい！　変位量コースの右、四百！　実航跡実速力九十度、十二ノット！　外力は百三十度に五ノットです！」

三津田は追い詰められた鼠のようだった。

「おいこらァ、もっぺん言ってみろ！　追いの五ノットなわけねえだろが！」

洋上で受ける波力や風力を総合的に外力と呼ぶ。追い波を受けると、艦は速力を増すのだが、三津田の報告通りであると、実速力に五ノット――時速約九キロも加算されることになってしまう。

拳こそ飛んでこなかったものの、怒号で頬を殴られた気分だった。

感情的に煽（あお）られると、余計に思考が停止してしまう。三津田がハッと気づいた時には手遅れだった。

「ハッ！　すいません！　外力追いの〇・五ノットです！」

「ボヤッとしてんじゃねえよ！　変針点は！」

「はい！　艦橋まもなく変針点！」

三津田は掛け声と共に腕を振る。舵輪を握る操舵員の手も真似（まね）るように右へと傾き、舵の角度が変わった。

艦橋から見える景色が、ぐるりと動く。

「艦の状況変化には常にアンテナを張れェ。航海士（さむらい）の内に艦を動かす勘を養っておかねえと、護衛艦に戻って哨戒長（しょうかいちょう）になった時馬鹿にされんぞ！」

艦橋に居並ぶ当直士官たちに後ろ指をさされている気がして、三津田は唇をかみしめた。

川尻はまず相手を威嚇（いかく）し、窮地に追い込み、混乱させるのだ。そうなれば人は必ずヘマをする。三津田はそのタイミング通り罠（わな）にかけられてしまう。

海の上では冷静を保つ精神力が必要不可欠だ。たかが川尻のでかい声くらいで混乱しているようでは、非常事態が起きた時に現場の指揮を執る余裕はない。

三津田は乱れ飛ぶ怒号に怯える鼠に成り果て、この仕事に向いていないと感じていた。


インドネシアのロンボク海峡を通過した後、艦は更に南下し、艦尾にある観測甲板では、海洋観測が始められた。

南緯四十度から五度南下する度に艦を停め、気象ブイや観測機器を下ろし、海洋の酸素濃度や、二酸化炭素濃度、塩分濃度などを測定するために採水が行われる。

燃料節約には神経を遣い、停船観測中はエンジンが停止している。

三津田は士官室へ向かい、日誌を書いていた。

「ねぇ三津田、例のアレ見よう。うちの特番――」

リモコンを手にした仁方が声をかけた。

外洋に出れば地上波を受信することはできず、テレビはただの置物となるため、停泊中にテレビ番組をハードディスクに撮り溜めているのだ。

「見てないって言ってなかった？　ほらほら、始まった」

どうやら吉浦が取材を受けたらしく、三津田が知らぬ内に放送されていたらしい。

モニターにキャスターの神福山梢子が映ると、仁方はボリュームを上げた。

入隊する前はこの類の番組は必ずチェックしていたのに、いつからか身内ネタには無関心になっている。

どうせまた同じような内容だろうと、三津田は高を括(くく)っていた。

番組も終盤に差し掛かった頃だった。

「さて、未曽有(みぞう)のコロナ禍で、観測史上初となる無寄港、無補給という条件で南極と日本を往復する砕氷艦『ゆきはら』ですが、艦長、出港へ向けての意気込みをお聞かせください」

「おっと、吉浦さんの登場だよ」

仁方はモニターに体をグッと近づける。

「はい。出港に向けて日本各地で訓練を行い、乗員の士気と練度はこの上なく高められたと感じております。前代未聞の任務を、できないと言うわけにはいきません。与えられた任務の完遂、そして長年続く南極観測隊の情熱のバトンを繋(つな)ぐために、乗員一丸となって精一杯努めて参る所存です」

仁方はモニターに拍手を送った。

「吉浦さん、さすが『ゆきはら』の艦長だわ！　惚(ほ)れ惚(ぼ)れしちゃう」

仁方のふざけた態度には目もくれず、三津田は吉浦の言葉から熱を感じ取っていた。

「観測隊の情熱のバトンを繋ぐために――」

「知ってるだろうけど、南極地域観測事業は南極に昭和基地が設営されてから現在まで続いている国家をあげた取り組みの一つだからね。僕たちの仕事は、自分のための仕事じゃない。誰かのための仕事なんだよ」

三津田はハッとした。

自衛官として対峙(たいじ)する任務の向こう側には、いつも護(まも)るべき誰かがいる。

『ゆきはら』じゃなければ、観測隊を南極には連れていけない。僕たちじゃなければできないことがきっとある。他の誰かじゃないんだ。でも、自信を失った時、僕たちはそれを忘れてしまいそうになる」

たとえ誰も成し得なかった任務であっても、やり抜かねばならない。それが課せられた責任というものだ。

「航海長に叱られて、自分を護ることだけで精一杯なのかもしれません。その私が誰かのために——」

——果たして何ができるのだろうか。

言いかけたところで、仁方が席を立った。

「自分のためだけに生きていくには人生は長すぎる、ってうちの爺ちゃんが言ってたよ。さあ、ぼちぼち持ち場に戻ろう」

彼の仕事に対する執念のような粘り強さが、今の三津田には重苦しかった。

第二章　荒海航走

南極大陸のリュツォ・ホルム湾の東側に浮かぶ東（ひがし）オングル島（とう）にあるのが、「ゆきはら」の目的地である昭和基地だ。

オングルというのは、ノルウェー語で釣り針を意味し、航空機から島の存在を発見したノルウェー隊が、その形状から名付けたとされている。

南極大陸は、人間による環境汚染が地球上で最も少なく、手つかずの自然に近い状態で様々な観測や調査を行うことができるとされている。

南極で吐く息が白くならないのは、塵（ちり）や埃（ほこり）が少なく、地球で最も綺麗な場所であるためだと言われており、気象観測や、オーロラ観測、大気観測、地形地質調査、生物調査、海洋調査などを基に、地球の過去、現在、未来を読み解くための細やかな「変化」を収集するのに適しているのだ。

そしてその最も綺麗な場所へ、地球を汚し続ける人間たちを寄せ付けんとするかのように、南極大陸周辺は海が荒れ狂う。

偏西風を遮る大陸がないため、この辺りの風は弱まることを知らないのだ。

時間が経（た）つにつれ艦内の揺れも激しくなり、気圧を測る記録計の針は下げが止まらず、低気圧に近づいていることを示していた。

吠(ほ)える四十度、狂う五十度、絶叫する六十度と呼ばれる南半球の暴風圏に近づくにつれ、三津田の心中にも一抹の不安がよぎる。

艦橋からのぞいた双眼鏡の奥では、黒い水面が蠢(うごめ)いていた。

「三津田君、酔い止めは飲みましたか？」

気遣ったのは、吉浦だった。

「はい。今朝、服薬しました」

起床ラッパが鳴り響いた後、同じ居住区で寝起きを共にする同期の野呂(のろ)が酔い止めを飲んでいるのを見て、三津田も一思いに酔い止めを流し込んできた。

とは言え、三津田の内臓は阿鼻叫喚(あびきょうかん)の巷(ちまた)と化している。

「効いてくれると良いですね。最短ルートで突っ切るとは言えど、揺れることに変わりはありませんから。仁方は？　飲んだの？　おっと――」

波が四方八方へ散り、揺れが全身の骨まで響いてくるので、他の乗員たちも手すりに摑まったり、ふんばったりしている。

仁方もよろめきながら「はーい。飲みました」と軽やかな声を上げた。

何度も南極大陸を攻略している猛者(もさ)たちからは、余裕すら感じられる。

「さて、洗礼が始まるゾ。ボヤッとすんなア！」

まるで滴り落ちる蜜を前に、涎(よだれ)を垂らすように喜ぶ川尻。

暴風圏であろうが、地獄の釜の中であろうが、そんなものは川尻には屁(へ)でもないらしい。

航海長と彫られた名札が、三津田にとって今日ほど憎らしい日は無かった。

「ちょっと艦から下りたくなったかァ？」

「いえ……」

足元から崩れていくように揺さぶられる中で、三津田は川尻の言葉を否定することで精一杯だった。

「三津田君、君の気持ちはよくわかりますよ。私もかつては――」

「艦長、あのう――」

吉浦の言葉を遮り、ウッと言いながら両手で口元を覆うと、三津田は艦橋を飛び出した。

「ゆきはら」には、氷海で氷に閉じ込められないよう、左右にあるタンク内のオイルを移動させ、故意に横揺れを起こし、氷を砕くヒーリングタンクが設えられている。

そのため、横揺れを防ぐために本来は艦船に装備されている魚の腹びれの様なビルジキールや、フィンスタビライザーという装置はない。

客船やクルーズ船など、揺れてはならない船は重心を低くするため船底が深くなっているが、砕氷艦は艦底がお椀のような丸い形をしているため、非常に揺れやすい。

基地を出た時は、艦が前進しているかどうかわからないほど揺れを感じなかったのに、今は執拗に吹き付ける強風と波濤がしきりに艦体を殴りつけ、びゅうびゅうと不規則な風音が聞こえた。

不気味で不吉なその音は、まるで魔女に呼ばれているようだ。

その誘いに応えるように、ぐんぐん潮が流れ、夜の帳が降りた後も、彼女の叫びは響き渡っていた。

――手つかずの南極圏に、環境破壊を止めない人間が入ってきたことが、魔女の怒りに触れたんだ。

「おーい」

のぞき込む仁方と目が合った。

「大丈夫？」

飛び起きると昼になっていて、三津田は二段ベッドの上段にいた。どうやら昨日船酔いで倒れてから、丸一日眠っていたらしい。朝方に誰かに起こされた記憶もない。

収納式の机は開いたままで、空になった酔い止めのパッケージが散乱していた。

副長が直々に居住区までやって来たのだから虚勢を張らねばと、押し寄せる吐き気と戦いながら「はい！」と声だけは元気に答えた。

「魔女が何とかって、ブツブツ言ってたけど」

恐怖でシーツを握りしめたままの三津田は、仁方が居住区に入ってきたことさえ海鳴りに気配をかき消されて気がつかなかったのだ。

「ほらほら、ちょっと診てやってよ」

目配せをする仁方の横には、痩せ型で小柄な医官が立っていた。

川崎俊祐という男は、自衛隊中央病院配属だが、今は長期航海に出ている「ゆきはら」に医官として乗艦している。

「野呂君がさ、三津田が死んでる、って言うからちょっと医官に来て貰ったんだけど――」

仁方を押しのけるように、川崎がベッド脇に体をねじ込み、ペンライトで三津田の瞳を照らした。

「副長！　こんなの船酔いに決まってるじゃないですか」

威勢のいい川崎の声に、三津田は目を丸くする。

「『ちょっと来て貰った』じゃないですよ！」

「まあまあ、そう怒らないでよ。顔面蒼白で会話もできない、って聞いたもんだから、心配でしょ？　彼は次世代のホープなんだから。ほら、汗まで出てる！」

「これ、脂汗です」

川崎は照明を落としたペンライトの先で、三津田を指した。

「副長だったらわかりますよねえ。これくらい大丈夫ですよ」

「ほら、先生が大丈夫、って仰るんだから三津田、大丈夫だよ」

「まあ、私は先生ですけど」

先生と呼ばれたことが嬉しいのか川崎の口元が綻んだ。

「私は元々、船酔いをしないタイプでしてね。食欲無いかもしれないけど、吐くことになっても何か食べておく方がいいですよ、先生の意見としては――」

そう言いながら、川崎は咳払いをした。

「川崎先生もそう言ってるわけだし、三津田、昼食のメニューはマグロ丼だよ。一緒に食べないか？」

仁方の申し出を断れる筈もなく、三津田は漬物石のように重い頭と腰を持ち上げた。

「三津田二尉、君はいいねえ。こんな風に心配してくれる優しい副長、いや先輩がいて」

冷やかすような、本心から羨（うらや）ましがるような川崎の言葉に、仁方は答えた。

「まあ、先生は陸（おか）にある病院で勤務してるんだろうけど、艦ってさ、家と同じなわけよ。飯食って、風呂に入って、ベッドで寝る。私生活丸出しだから、ある意味、乗員は家族みたいなもんなわけ」

「ほう、家族ですか――」

川崎は分かったような、そうでもないような妙な顔をした。


デスクワークを執り行う士官室は、食事の準備のため片付けられていた。

副長ともなれば、暴風圏の凌（しの）ぎ方は骨身に染みている。こんもりと山を作っている仁方のどんぶり鉢は、三津田の吐き気をより増長させた。

士官室のテーブルの上には、二人分の食事が配膳されており、サイドメニューとして玉ねぎとわかめの味噌汁、そしてデザートはレモンのゼリーだ。他の幹部はどうやら既に昼食を終えたらしい。

ひんやりとした漬けマグロと絡み合うとろろの喉越しが良く、船酔いに苦しむ三津田でも美味（うま）く感じた。

港を出ると、船乗りの主な楽しみは二つ。食事と風呂だ。海上自衛隊で調理を担当する給養員は、舞鶴（まいづる）にある第4術科学校で調理に関する技術を学び、訓練を受ける。

艦は他国の港に入ることもあり、大統領や首相を招いて艦上レセプションを開催するなど、外交といった意味合いも兼ねた任務もあるので、海上自衛隊の給養員は別格の腕を持っている。「ゆきはら」で勤務する給養員のチョイスはプロフェッショナルだと三津田は感服したのだった。

「艦を下りたくなったって？」

少なめに入れられた味噌汁が、椀の縁からこぼれそうになる。艦が揺れるせいだけではなかった。

「ふと思うことがあるんです。いまの仕事で良いのかな、って」

「えっ、まさか三津田、この仕事を辞めたいの？」

艦を下りる＝職を辞する、と早とちりしてしまい、うっかり口を滑らせてしまったが、三津田に取り繕う余裕は無かった。

「まあ、この仕事をしていたら、誰もが思うことだよ」

「その……夢が持てない……というか」

仁方はマグロ丼をかき込む箸(はし)を止めることはない。

「夢って何それ？　美味(うま)いの？」

弱気な自分に、活を入れるような強烈な罵声が飛んでくると思っていたのだが、仁方は半笑い気味で続ける。

「三津田、真面目(まじめ)なんだね。馬鹿にしてるんじゃないよ。僕なんか、この仕事に夢だとか愛だとかを求めたことなんてないから」

仕事というものは、新しい玩具(おもちゃ)を与えられた子供が夢中になるように、脇目も振らず没頭できるものであって欲しい、三津田はそう思っていた。

「三津田は、仕事で夢を叶えようとしているわけだね」

「副長の、仕事における夢というのは――」

「無い」

否定する仁方の一言の方が早かった。

「てっきり『ゆきはら』の艦長になることが、副長の夢なのだと思っていました」

すると仁方は辺りを見回し、小声になる。

「一昔前ならね、艦長ってのは箔がついた。今は艦も増えた分、艦長も増えて、どこもかしこも艦長ばっかりでしょ」

護衛艦の艦長経験者でもある仁方は、自分の顔を指さした。

「僕たちの仕事は平和を守り続けること、国を護ることだよ、コロナ禍であっても。緊迫した情勢なのは確かだけど、他国相手に最低な殺し合いが始まった訳じゃない。僕は今のままで十分だよ」

夢を持つな、という訳じゃないよと、仁方は付け足した。

「現状に満足するなとか、満足を妥協だとか言う人もいるけど、僕は違う」

三津田を直視する仁方の視線は、突然熱を帯びた。

「夢を持てないことは不幸ではない。夢を持つことで苦しむ人もいる。何故なら、人には成せることとそうでないことがあるからね。叶わぬ夢の筈なのに、叶ってしまいそうな気がするんだよ。報われない努力ばかりして、不幸を自ら創造する人もいる。それを経験として消化できればいいいんだけど、みんながみんなできるわけじゃないからね。人間は熱すぎる湯には浸かれないんだよ」

「そう言われれば、そうかもしれませんけど――」

「そうだ。僕の夢はね、奥さんとお揃(そろ)いのロードバイクに乗って、日本中を旅するユーチューバー！　でもすぐに叶いそうもないし、夢で終わるんだろうね。ほら、僕はそういうのが夢なんだよ。それなりに努めて、納得できる評価をして貰えて、健康でお酒が飲めれば幸せ。爺ちゃんがよく言ってた。地獄極楽、死なねばわからん。酒が飲めるこの世は極楽よ、とね」

建前をとっぱらい、副長らしからぬ本音をなめらかに話してくれる。上官としての当たり障りのない模範的な回答ではなく、一人の漢(おとこ)、仁方淳博として、自分に向き合ってくれている気がした。

「副長はどうしてこの仕事を選んだんですか？」

「防大行ったらさ、お小遣い貰えるから。うちの実家、ド田舎にある寺なのよ」

仁方はそう言いながら手首の数珠に触れた。

「今では檀家さんも少なくなってね。お布施の代わりにりんごやみかん貰ったって、寺の電気代は払えないからさ。防大に入って少しでも家の負担を減らせればって気持ちもあったかな。僕が防大の一年の時に、吉浦さんが四年で、同じ部屋だったのよ。ああ、吉浦さんじゃなくて、艦長ね」

学生時代からの呼び名がどうにも抜けないのだと言った。

「ことさらに夢を作りあげなくてもいい、と僕は思うね」

夢を持てないこと、夢を見つけられないことへの焦燥感や劣等感を、転職で埋めようとしていただけなのかもしれないと、仁方と話している内に気づいた。

「川尻さんに鍛えられながら、必死に仕事を覚えている三津田の姿を、僕たちの若い頃と重ね合わせてしまうよ」

「艦長が私に、君の気持ちはよくわかる、なんて仰ってましたけど、艦長も転職を考えたこととか、仕事が嫌になったことがあるんでしょうか」

「聞いてみてよ」

「ええっ？　私がですか？」

ちらりと食堂内を見渡すも、吉浦の姿はない。仁方に言われるまで気にも留めなかったのだが、士官室で吉浦が食事を摂る姿を見かけたことはない。

「吉浦さん、出港前はほとんど家に帰れてないから」

緊急事態宣言発令に伴い、業務に支障をきたし、頭を抱えながら対応に当たっていた。

「それだけじゃない。あの人、燃え尽きてしまいそうな気がする。吉浦さんも涼しい顔して、実は色々あるんだよ」

三津田にはある違和感があった。

吉浦には艦長としての貫禄ではなく、哀愁に似た翳が取り巻いているのだ。その背中は、妙に自分の父親に似ている気がしていた。

「この前、自分を護るので精一杯だ、とかなんとか言ってたでしょ。まあまずはしっかり回復しなよ」

そう言って箸を置いた仁方の食器は、きれいに空っぽだった。船酔いが完治した訳ではないが、川崎が言った通り、三津田の胃袋も半分くらいは埋まっている。仁方のおかげで、三津田は幾ばくか気が楽になっていたのだった。

三津田は艦橋へ戻る前に、Wi-Fiが入るエリアへと立ち寄った。艦のWi-Fiを使用してメールを送受信できるのは、予(あらかじ)めメールアドレスを登録している家族と知人のみだ。

スマホの画面を開くと、父親からの近況報告と自衛隊を去った元同期の御手洗(みたらい)から激励のメッセージが届いていた。

「ゆきはら」の出国行事のニュースや特番の放送を見たらしく、三津田のことを思い出して連絡をくれたのだった。

彼は三津田同様、一般大学を卒業後に入隊した。

幹部候補生学校を卒業すれば、成績に基づいてハンモックナンバーと呼ばれる卒業席次が付く。寝床であるハンモックまでもが成績順に決められていたことが由来らしいが、自衛隊員が負傷するなどして実戦から離脱した場合に指揮系統を明確化するために、すぐさま序列が付けられるのだ。

御手洗は三津田と違って、その序列(ハンモック)でも上位に食い込むほど優秀だった。

最も信頼をおける同期だった御手洗から、昨年の暮れに「やっぱり俺、転職するわ」と告げられた時、三津田に湧いた感情は、裏切られたような寂しさだった。

やっぱり——。

御手洗は決断したのだ。

外資系コンサルに転職し、年収も跳ね上がったと聞いたのは、彼が職を変えてすぐの頃だ。それを聞いた途端に、三津田の目に映る世界が色を失って見え始めたのだ。のらりくらり大学に通っているときに、突然起きた非常時の中で受けた感動にひっぱられて就職先にここを選んでしまった後悔が湧き上がってくる。

新卒採用は人生の節目でもあり、今後のキャリア形成に大きく影響する筈なのに、職業の選択をさほど重要に考えていなかったのではないかと、三津田は当時の自分に想いを馳せていた。入隊して四年目、同期も既に二割近くが退職した。有利に転職できるタイムリミットまでの時限装置が、三津田の頭の中でチカチカと点滅しているのだった。

約十日間、執拗に響き続けた魔女の声はやっと落ちついてきた。

「ゆきはら」は紅葉の季節を迎えた横須賀港を発った後、灼熱の赤道を越え、極寒の南極へ近づいていた。

北半球にある日本が冬ならば、南半球の南極は季節が逆転した夏になる。南極はまさに眠らない夏の夜、白夜期を迎えている。

真夏のようだった熱気も、冬を手繰り寄せているかのように冷ややかな空気に変わっていた。海の上をひたすらに南下し、艦体に吹き付ける風と流れていく雲、海の色が移ろい行く中で、「ゆきはら」の艦体は潮でくすんで見えた。

艦橋に出向くと、川尻がニヤニヤといやらしい笑みを浮かべながら、じりじりと三津田に近寄ってきた。

「航海長、おはようございます」

「おはよう。航海士は今から鳩小屋へ行け」

マストの上方にある上部見張り所が通称「鳩小屋」だ。

海水が凍った海氷よりも、陸に降り積もった雪が締め固まった氷山は一層硬く、衝突すれば艦が破壊される恐れがある。

かのタイタニック号が沈没した原因は氷山に衝突したからと言われているが、それを防ぐため、障害物を目視する際に鳩小屋でワッチにつくのだ。

三津田は言われた通り、従順にラッタルを上った。

「三津田二尉、お疲れ様です」

鳩小屋から首を出したのは、航海科の乗員である安浦三曹だ。同い年の彼の左薬指には、シルバーの結婚指輪が光る。

「ワッチに立つ予定だった奴が、腹の調子がおかしいって言って、休んでるんスよね。多分、船酔いじゃなくて食いすぎだと思うんスけど」

船酔いで作業服すら洗濯する気力もない三津田とは違って、安浦の制服には皺一つ寄っておらず、双眼鏡をのぞく姿も様になっている。

医官の川崎と同じく彼の辞書に「船酔い」という文字は存在しないようだ。

「あ、鯨だ。艦首左舷、鯨視認」

安浦はすかさず艦内放送を入れた。

「あの鯨、親子ですね。かわいいな」

ただ単に黒くて大きいゴムの塊みたいなのが二つ見えるだけで、かわいいとか感動したとか気持ちが湧き上がってくる余裕はまだない。

「実はですね、自分、来月に父ちゃんになるんスよ」

安浦は嬉しそうに鼻の下を掻いた。

「そうですか！　それはおめでとうございます」

「子供が生まれる頃にはまだ艦に乗っているだろうし。出産に立ちあいたかったんですけどね。自分、故郷が広島なんですよ、吉浦艦長と同じで」

「そうですか。私も広島です」

海上自衛隊の港がある地域の出身者は多い。

同い年で、同じ広島出身なのに、片方は帰宅を待つ温かい家族を持ち、底意地の悪いいびりに打ちのめされることもなく、暴風圏でもぴんしゃんしている。

「はぁ……。羨ましい」

自分だけが幸せに見放されていると、惨めな気持ちになった三津田は、鳩小屋の隅で立ちん坊をしながら鼻白んだ。

「あ！　三津田二尉！　見えた！　見えましたよ！」

安浦につられて慌てて双眼鏡をのぞき込むと、まるで青白く鋭い鬼の牙のような、氷山が見える。

南緯五十五度を過ぎた辺りで、「ゆきはら」は初めて氷山を視認したのだ。

氷河や棚氷から剝がれ落ちた南極の一部が、静謐な大海にポツンと浮かんでおり、自然が作り出した造形美と存在感がある。

南極に近づいている証だ。

「あれが氷山……」

三津田は息を呑んだ。

「氷山初視認！」

緊張から少し上ずった安浦の艦内放送を聞き、甲板には乗員や隊員がバラバラと湧き出るように集まってくる。

外気温もぐっと下がり、皆、支給された手袋や防寒着を着込んでいた。

「自分初めてですよ、本物の氷山を見たの！　神秘的だなあ。まるで宝石の塊みたいだ」

キラキラと少年のように目を輝かせた大人たちが、食い入るように自然が作り出した傑作を見つめる。

「自分たちが一番に見つけたんですよ？　この艦で！」

安浦の胸の高鳴りはまるで伝染するかのように、三津田の心も震わせた。

不穏な胸騒ぎは幾度となく川尻の背後で感じたのだが、胸が躍るようなこの感覚を味わったのがいつ以来なのか三津田にはよくわからない。

二人の間には、妙な連帯感と親近感が湧き、数年ぶりに旧友と再会したかのように手を握り合った。

川尻がかぶりつきの特等席を与えてくれたのは、暴風圏を耐え抜きつつあることへの褒美なのだろうか。

いやいや、そんな筈はないと、三津田は胸の内で打ち消した。

海氷の密接度は徐々に増し、夕方には艦内アナウンスが流れた。

「リュツォ・ホルム湾沖、流氷域に入った」

氷たっぷりのグラスに、小舟となって浮いているようだ。

まもなく出現するであろう「ゆきはら」の最大の敵、定着氷域と呼ばれる厚い氷が広がる氷海航行へ向けて、艦上では急ピッチで準備が進められていた。

定着氷の厚さを測定するため、EMセンサーの取り付けが行われ、氷上偵察を行うための大型輸送ヘリ、CH-101の発艦準備が着々と進んでいる。

氷を砕く砕氷艦といえども、むやみやたらに艦体を打ち付け、舵やスクリューに損傷を受ければ、航行に困難が生じる。

英語で船を擬人化すると「SHE」、つまり女性（レディー）である。

艦体で豪快に流氷を押し退（の）けたくとも、レディーは流氷を避けて通るのが鉄則だ。

できる限りこの艦体を傷つけることなく、ブリザードから守り、慈しみながら昭和基地へエスコートした後は、母港横須賀基地まで無事に送り届けなければいけないのだ。

窓からは地平線で転がる太陽の光が差し込み、いつまでも夜を迎えないでいる。

沈みそうで沈まない陽（ひ）の光を浴びているせいで、なかなか眠気がやってこない。

体が疲れていないような妙な錯覚に陥るため、三津田は夕食の時刻を迎えたことに気がつかなかった。

「吉浦さん、三津田が一緒に晩飯食いたいって言ってましたけど――」

仁方の言葉に、慌てて顔を上げると吉浦と目が合った。

「いいですよ。先約がありますけど、行きましょう」

許可の合図をするように、川尻も人差し指をチラチラと振った。言い出しっぺである仁方は含み笑いをして、鼻翼が不自然に膨らんでいる。

仁方が企んだ罰ゲームに、三津田はおずおずとついていった。

「艦長、お疲れ様です」

三津田は見たこともない乗員たちとすれ違った。吉浦が向かっていたのは通常幹部が使う士官室ではなく、海曹士用の科員食堂だった。

同じ2分隊である航海科の乗員や当直士官の顔と名前は一致するが、全く接触する機会のない乗員の方が多く、自衛官ではない観測隊もいる。

艦内では制服同様にマスク着用が義務化されたため、肩の階級章が無ければ、吉浦が艦長であることにさえ気がつかない筈だが、皆名札に目をやることもなく、目元と背丈で艦長と認識しているようだ。

「お疲れ様です」と声を掛けられた吉浦は、必ず相手の名前を呼ぶ。この艦の乗員全員の顔と名前を憶えているようだ。

三津田は感心しながら艦長の後に続き、配膳の列に並んだ。

「艦長、こちらで食事されているとは思ってませんでした」

「妻に言われたんですよ。海上自衛隊は文化だかなんだか重んじるのだろうけど、階級によって食事の仕方や食器を分けるなんておかしいと。三津田君、揚げ物が食べられるようになったのならば安心ですね」

吉浦の話を聞き逃すまいと必死になっていたせいで、無意識のうちにから揚げと焼き飯が山盛りになっている。

「この艦の食事は美味しいでしょう？」

吉浦にそう聞かれ、三津田はから揚げを口に含んだまま「はい」と答えた。

士官室とは異なるステンレス製の食器、通称テッパンの上に盛られた焼き飯を、三津田は大きく開いた口へブルドーザーのようにかき込んだ。

「三津田君、髪の毛が耳のところにかかり始めましたね。良かったら、この後、一緒に切って貰いましょうか？」

吉浦の言葉に、三津田は目だけでなく、口も開いている。

「ゆきはら」は本来、約五か月もの航海に出る艦なので、乗員たちの髪の毛が伸びっぱなしになってしまう。そのため、個人間で髪の毛を切り合えるように、海上自衛隊の艦の中で唯一理髪室が設えられていた。

伸びきった髪の毛は風紀上好ましくなく、それを艦長に指摘されたのだから、拒むことはできなかった。

――副長はこうなることを予想して、艦長と食事をしたがっているという話をでっち上げた。艦長と虎刈りになった自分のことを鼻で笑うつもりなのだ……。

もしかしたら、川尻よりも底意地が悪いのではないかと、心を許してしまった自分を責めながら、理髪室へついて行く羽目になった。

「使用可」を示す三色のサインポールがくるくると回転している。ドアを開けると、ウェーブと呼ばれる女性乗員が軽く会釈した。

「この後、観測隊長との会議がおありなんですから、艦長お先にどうぞ！」

よほど艦長の仕上がりが酷(ひど)ければ、最後の手段として逃げ出そうと企んでいたが、散髪用のタオルを首元に巻き付け、はらりとケープを翻すウェーブの手際は、まるでプロ顔負けだった。どうやら理容師としての経験があるらしく、三津田は安堵(あんど)したのだった。

鏡越しに吉浦を見つめているのが気まずく、三津田は口火を切った。

「艦長、私みたいなペエペエに敬語を使うなんて、なんかむず痒(がゆ)いです。どうしてなんですか？」

吉浦が唯一敬語を使わないのは、大学時代からの後輩である仁方だけだ。

「わが社には階級という制度があるせいで、人間関係が複雑になってしまうんです。階級は決して身分ではないですし、階級や年齢で何かを使い分けるのが好きじゃないんです」

「わが自衛隊は」というくどい表現も避け、やや皮肉を込めて「わが社」と呼ぶ。相手と目線を合わせようとすることで、人はようやく同じものを見ることができる、と吉浦は加えた。

艦長一人が艦を動かしているわけではない。乗員一人一人が持ち場を守り、連携し、一体となることで艦が動くのだ。シーマンシップに必要なのは、信頼関係を構築することだ。

三津田が川尻を信頼していないのではなく、川尻が三津田の操艦技術を信頼していない。

いずれ、仁方や吉浦のように率先して艦を動かす立場になったとき、三津田は全乗員を危険から守れるのかと、懐疑的に思う川尻の気持ちが、その言動に投影されている気がした。

「ただね、副長は私が神様の時、『ゴミ』でしたので、例外ですよ」

三津田は鏡越しにプッと噴き出した。

「防大では一年生はゴミ、二年生は奴隷、三年生でようやく人間になり、四年生は神様と呼ばれ、崇(あが)められるのですから」

左右に顔を振り、鏡に映る吉浦は満足そうな顔をしていた。

「とても気に入りました。ばっちりですよ。どうもありがとうございました。実は、まもなく女房の命日なんです」

突然の告白に、三津田は顔を上げた。

「今年はこの艦に乗っているもんですから、三回忌はしてやれないし。私には無精なところがあるので、命日くらいはこざっぱりした格好で妻を偲(しの)んで手を合わすのが、私なりの弔いでしてね。大事な時に、家族のそばに居てあげられない、それがこの仕事の悲しき宿命ですから」

仁方は知っていたに違いない。艦長でさえも、傷を抱えながら重圧を背負っているということを。

頬についた髪の毛をはらい、三津田に「お先に！」と告げると、吉浦は足早に理髪室を後にした。

格別の貫禄を纏う艦長の制服に、らしからぬ綻びを見つけてしまった気がした。

人には虚勢を張らねばならない時があるが、弱さをさらけ出すことで、崩れそうな薄氷の上に立っていられることもあるのかもしれない。

三津田は再び、自分の足元へと目を遣った。

居住区に戻ると、二段ベッドの下段から足を投げ出したまま野呂が眠っていた。航空要員である野呂は、ヘリの試験飛行に関する準備に追われていたようで、机の上には資料や筆記具が散乱している。

「ゆきはら」は任務の特性上、ベテラン隊員が多く、しごかれる立場の幹部は、この艦で野呂と三津田だけだ。

野呂の作業服には、裾や膝の部分に真新しい破れが見られた。着せられた制服のおかげで見た目は悪くないものの、ここには泥臭い、階級社会独特の陰湿さがある。

だからといって共に傷を舐め合うのは嫌だった。傷を舐めればかえってお互いの傷口が開いてしまうようで、余計に辛くなる。

制服とは着る者に弱さをさらけ出すことを許さない、鎧なのかもしれないと艦長のことを思い出し、三津田はふと思うのだった。

三津田は「早く飯を食いに行け」と伸ばしかけた腕を引っ込める。

野呂を起こさぬよう、ボストンバッグの中から静かにカップラーメンを取り出し、野呂の机の上に置いた。

三津田はベッドの上段に上るとスマホを開いた。写真のフォルダーを開き、氷山の写真を開く。

「ああ、父さんに送れば良かった」

再びWi-Fiエリアへ出向く余力は無く、ベッドに体を横たえると自然に目が閉じる。

「ゆきはら」に来る前の艦でも、上官から川尻と同じように厳しい叱責を受けた。

勤続年数の長い海曹士からは馬鹿にされ、上官からはしごかれ、何とも居心地が悪かった。

毎日十二時間以上も報告書と格闘し、少しでも空き時間ができると艦を我が手足のように操舵できるよう、シラバスを読み込んだ。

幹部自衛官は一か所での任期が短いので乗る艦もすぐ替わる。艦が替われば状況も変わるのでは、という淡い期待は今回も泡となった。

「鉄は熱い内に打て」という言葉の通り、幹部としてのリーダーシップを叩き込むため、罵声を浴びせられ無能扱いされる。

入隊して以降、この世界は理不尽でできていると刷り込まれ、歯向かうことも許されず、そんな気すら起きなかった。

実習幹部として佐世保(させぼ)の護衛艦に配属された時のことだ。ある訓練で、艦長より偉い群司令が乗艦した。

いざ訓練が始まると、艦長は司令の言いなりとなり、指示がなければ動けない。

所詮、艦長ですら司令＝上司に操られる運転手(ドライバー)なのではないかと、それが自衛官になった三津田にとって最初の違和感だった。

「俺は、ドライバーになりたいんじゃない」

東日本大震災の災害派遣で冷たい海に浸かり、救助に当たる自衛官の姿を見て、三津田は胸が熱くなった。

決してなんとなく自衛官に志願したのではない。志を持って自衛隊の門を叩いたのだ。

海上自衛官にしか見えない景色がきっとある。

その景色を一目見たいと憧れていたあの頃の熱い気持ちがぼんやりと蘇ってきた。

いつまでも人に認められない中で、夢に向かって努力できる人こそが偉いという思い込みが、焦燥感に変わっていた。

夢が無いとか、成長できない職場だとか、まわりのせいにして腐っているばかりの自分みたいな奴が転職したってまた何かのせいにするだけだ。きっと何にも変わらない。

良さげな就業条件や待遇を目の前にぶらさげられ、鼻先ににんじんをぶらさげられた馬のようにそちらに惹かれているのが今の自分だ。

ニヤニヤしながら退職願を受け取るセイウチの姿を振りはらうかのように、三津田は両頬をバチンと叩いた。

第三章　氷海航行

燃料残量（ネザ）に余裕を持たせるために、「ゆきはら」は流氷域に入るギリギリまで南下し、翌朝になると流氷域への態勢を整えるため、「氷海航行部署」が発令された。

「氷海航行準備！」

レーダーや艦の周囲における見張りの強化、艦橋と操縦室の連携強化を図るため、乗員が各々の持ち場に就かなければならない。

各部署からの完了報告をチェックし、三津田は「氷海航行準備良し！」と声を上げた。

「おい、航海士」

また川尻から罵声が飛ぶのではと三津田は身を硬くした。

「前に乗艦していたのは護衛艦だったな？」

「はい。佐世保の艦でした」

「その時、合戦準備（かっせんじゅんび）という言葉を何度も聞いただろ」

戦闘態勢を意味する言葉だ。

「砕氷艦に戦闘用武器は搭載されていない。あってもせいぜい拳銃と小銃程度だ。南極で戦闘が始まる訳ではないからなァ。でも、氷盤と対峙する状況はすぐそこ、氷海航行準備の号令が、我々の合戦準備の合図だ。氷を砕く艦、砕氷艦『ゆきはら』の最大の仕事が待っている」

いつもとは違う川尻の声で、その場の空気が張り詰める。

南緯六十五度を過ぎると海氷に覆われるため、「ゆきはら」では最後の停船観測を終え、ヘリでの氷上偵察の準備が着々と進んでいた。

氷上偵察では、氷縁（ひょうえん）から昭和基地まで一直線に近いルートを模索する。一度決めたルートを変更すると、燃料と時間が無駄になってしまうため、ルート決めのための氷上偵察は接岸への鍵となるのだ。

またこの飛行は偵察任務の他に、南極観測隊の中でも約一年を南極で過ごしてきた「越冬隊」を労（ねぎら）う優先物資を「初荷」として届ける任務も兼ねている。

吉浦と観測隊長の郷原（ごうはら）たちはヘリＣＨ‐１０１に乗り込み、飛行甲板から宙を舞った。

南極の冷たい空に、バタバタとブレードの音が轟（とどろ）くと、仁方が口を開いた。

「吉浦さん、いってらっしゃい！」

仁方はそう言うと、脇にいた三津田の髪型をまじまじと見つめた。

「あれ、三津田、髪切ったの？」

「おかげさまで。艦長と一緒に切って貰いましたよ！」

「おかげさま？」

「副長が仕組んだ悪戯（いたずら）じゃなかったんですか？」

「僕が？　吉浦さんにも苦労がある。三津田だけじゃないってことを伝えたかったんだよ。散髪までは仕組んでないけど」

三津田は目を丸くする。

「で、吉浦さんと何を話したの？」

「その……艦長だって、色々あるんだって――」

「吉浦さんの時計はね、コロナが時を止める前からずっと止まったままなんだ。僕はそれが気がかりなんだよ。そして三津田のこともね」

仁方の表情が曇った。

「苦労してない人間なんていない。してなさそうに見えるだけなんだ。三津田が今いる道は、多少景色は違えど、僕たちも通ってきた」

「副長が通った時は、その……どうだったんですか？」

仁方は眉尻にある傷に触れている。

「僕は三津田くらいの頃、本当に出来が悪かったからね」

「まさか！　副長が、ですか？」

「そうだよ。当時の川尻さんはめちゃめちゃ厳しかった。でも、川尻さんの声が胸に響かなかった奴らは皆――艦を下りた」

仁方は寂しそうな、悔しそうな表情をしている。

「不思議なことに、マズいことが起きそうな時、川尻さんの声が頭の中で蘇ることがあるんだ。川尻さんの嗄れた声。『ボヤッとすんな仁方！』って声でハッとする。その声が我が身を護る盾にも、困難に立ち向かう鉾にもなるんだよ」

メモ帳と鉛筆だけで操艦技術は身につかない。猫撫で声で手取り足取り丁寧に教えられたくらいで、一人前の船乗りになれるという世界ではないということだ。

ぬるま湯に浸かったまま、徐々に上がっていく温度に気がつかずにのぼせ上がるような乗員では、実戦で自分の背中を委ねられないのだ。

「三津田は早とちりするけど、ガッツもあるし素直だ。いずれ僕たちは三津田よりずっと早くこの組織から居なくなる。僕たちが居なくなった後は、三津田に続く者たちの未来を預けたいんだと思う。期待。そう言ってしまうと三津田には重いかもしれないが」

南極観測隊のバトンを繋ぐだけでなく、川尻は組織としてのバトンを三津田へ渡そうと腕を伸ばしている。

川尻に何も言われなくなったら、もう伸びしろは無いということだ。

戦場に行けぬ武士はいらん、そんな川尻の声が聞こえた気がした。


流氷の密接度が上がり、海面が存在を忘れられまいと、氷の合間から必死に顔を出している。

東オングル島まで約五十マイルを切っていた。

「ゆきはら」は、流氷域を越え、定着氷域と呼ばれる白銀の世界に吸い込まれていった。

「これが南極……！」

真綿のような雪の絨毯（じゅうたん）が目の前に広がり、三津田はその景色に心を奪われた。

空と光だけが広がる場所。どこまでも眩（まばゆ）い光に包まれ、空の果ても、地の果ても見えない。

自分の存在をこれほどまでに小さく感じたことは無かった。

「航海士！　サングラスしないと目をやられるぞ！」

声を上げた川尻だけでなく、ほとんどの乗員が既にサングラスを装着している。

そして氷の上を黒い点がゾロゾロと這（は）いまわっているのに三津田は気がついた。

「あれはアデリーペンギンだ」

「ゆきはら」が起こすうねりと轟音（ごうおん）に平穏な生活を乱され逃げ惑う。

「ほらほら、さっさと行けよ、このヤロウ！　家族とはぐれるだろうがァ！」

川尻は声がでかいだけで、実は酷い上官ではないのかもしれないと思いながら、三津田は口元を綻ばせた。

氷縁の厚さは約一～一・五メートル、積雪は約三十～五十センチ。

艦首下の散水パイプからは、氷盤に積もった雪を解かし、積雪との摩擦を減らすために一分間に約二百六十トンもの海水を噴き出している。

時速六ノットで定着氷縁に頭突きを食らわせると、比較的薄い氷盤は脆（もろ）くも崩れた。

艦首甲板の先端にへばりつくように集まった乗員たちは、氷を割り進む様子を恍惚（こうこつ）とした表情を浮かべながら見つめていた。

氷と接触しやすい喫水付近のアイスベルトと呼ばれる部分には、摩擦抵抗を減らすため、強靭（きょうじん）で耐食性の高いステンレス鋼がぐるりと張り巡らされている。

ジャブジャブと海水をまき散らし、氷盤を下へ押し下げながら、断続的に砕氷が行われる様子を、三津田は凝視していた。

息を呑むほど美しい真綿の絨毯の下には、「ゆきはら」に牙を剝（む）く定着氷が隠れている。

やがて氷厚（ひょうこう）が一・五メートルを超えると、「ゆきはら」が持つ連続砕氷機能で突き進むことは難しく、勢いをつけて氷盤に艦体を乗り上げ、艦の重さで砕氷する「ラミング」が本格的に開始された。

ボディーブローを食らった氷盤が悲鳴のような音をたてて崩れると、艦はシーソーのように前後に揺れる、いわゆる縦揺れを起こした。

三津田は川尻のすぐ後ろで、手すりにしがみついた。

交通事故に遭ったようなその衝撃は、暴風圏での船酔いを彷彿(ほうふつ)とさせ、三津田の表情から余裕が薄れていく。

「『ゆきはら』の本領発揮だ。これくらいでビビってるようじゃ、男が廃るぞ航海士！」

「川尻さん、やってやりましょう！」

「おうよ！」

仁方も日本が誇る砕氷艦が本領発揮できることに興奮しているようだ。

「両舷停止、両舷後進微速！」

後部のスクリューが逆回転し、艦が二、三百メートルほど後退する。三万馬力を持つエンジンがうなり声をあげ、氷盤に再び艦体を打ち付けた。

モーセのように海割れを起こせれば良いが、厚い氷盤は容赦なく立ちふさがる。

アッパーカットを食らった「ゆきはら」は、艦首を仰(の)け反らせ、苦しむように黒い煙を上げていた。

やがてラミングによる進行距離が短くなりはじめた。

「手強(てごわ)い奴が現れたな」

川尻が声を漏らした。

「積雪がクッションみたいになってやがる」

地球温暖化により定着氷は薄くなっている印象を受けるが、海氷の状態は短期的な周期により変化するため、ぶち当たるまで未知数である。

「それだけじゃねえなァ」

首を捻る川尻に、吉浦が目を合わせる。

「氷厚が増しているせいで氷盤が割れにくく、艦がやや横滑りしていますね」

吉浦の言葉に無言で頷く川尻の隣で、郷原隊長がPCのモニターを差し出した。

「吉浦艦長、見てください。ラミングの進行速度が落ちたのも、既に一年氷帯を抜けたからではないでしょうか。既に氷盤が何層も折り重なる硬度の高い多年氷帯に進入していると思われます。それに、氷上偵察では想定以上に氷海が広がっており、二、三日前の低気圧の影響で氷上の積雪量が増えていることが――」

ラミングの速力が落ち、昭和基地への到着が遅れれば遅れるほど、燃料を食うことは皆承知である。

郷原の分析に、運航幹部らは焦りを感じていた。

「あの時みたいにならなきゃいいけど……」

「あの時って――」

三津田が仁方に尋ねようとするのを、川尻は制した。

「今、その話は無しだ」

そう言われ、三津田は口を噤んだ。

ラミングの距離が延びない状態がしばらく続くと、艦首甲板の左舷側に観測隊員が集まり始めた。

　艦橋にいる運航幹部を手招きするように、郷原を含めた数名が合図を送っている。

「航海長、観測隊員の方々が左舷側で何かを見つけたみたいです」

　三津田が気づいた異変に目を向けた川尻も、目の色を変える。

「艦長！　様子を見てきます！」

　川尻が声を張り上げた。

「三津田、ついて行って！」

　仁方の指示通り、巨体を震わせ走っていく川尻を三津田は追いかけた。

　巨漢であるのに機敏で速い。何もかもが異常事態だ。

　息を切らしながら艦首甲板へ行くと、郷原が駆け寄って来た。

「航海長、散水パイプを見てください！」

　群がる観測隊員たちが指さすパイプ数本からは、一滴の水も出ていない。

「おい、航海士！　右舷側はどうなってる！」

　三津田が人込みをかきわけ、手すりから身を乗り出して確認すると、右舷側のパイプからは勢いよく海水がまき散らされており異常はない。そう報告した三津田に川尻は命じた。

「すぐにパイプの異常を艦橋に伝えろ！」

「はい！」

　川尻の指示で三津田は再び走り出した。真夏でもないのに、額から汗が流れている。

現状を伝えると、吉浦と仁方も甲板にやって来て、海水の出ない噴出口を虚しく見つめている。

「散水パイプには特に異常は無かった筈だけど――」

仁方は手元のファイルに視線を落としている。

毎年ドック入りする際、限られた時間と予算の中で、全ての修繕を行うことはできない。

優先度の低い修繕箇所は先送りされるのだが、散水システムの異常はラミング航行に影響する。

緊急且つ重要な項目であるので、ドックで入念にチェックした筈だった。

「航海長、一体何が起きたんでしょうか……？」

三津田は不安が入り交じった声を上げた。

「艦首側と、右舷側には異常が見られねえからなァ。小さな亀裂が発生し、腐食が進んで、ラミングの衝撃でポキンと折れたんじゃねえのか」

海水は真水よりも錆と腐食を促進する。

額に汗を滲ませて現場から戻って来た機関長が報告を始めた。

「航海長、散水パイプの配管が脱落していました！」

海水を吸入するためのシーチェストと呼ばれる開口部から、二本の散水パイプに分岐した先で腐食が進み、弱くなったパイプが折れてしまったのだ。

「あの折れ方だと、洋上での溶接作業で応急処置を施すのは不可能です」

修理できる港も無ければ、出張修理してくれる業者もいない。

艦尾から広がる真っ白な絨毯には、轍のように一本の道が続いている。

昭和基地に接岸することなく、この一本道を引き返すしかないのか。しかもラミングにより現れた水面は再び凍る可能性があり、この一本道もどこまで残されているのかわからない。

「賽は投げられた」

吉浦は決意を固めた。

「生きている散水パイプはありますから、このまま昭和基地に向かいます。今ここで白旗を揚げて帰る訳にはいきません」

吉浦の言葉に川尻も続く。

「俺たちはやるしかない」

その場にいた全員が、大きく頷いた。

「氷が硬かろうが、積雪が厚かろうが、俺たちの目的が変わる訳じゃない。このまま左舷の散水パイプに頼らず進むんだ」

厚い雲が、薄明の艦橋から見える視界を遮り、チラチラと雪が降り始めていた。

視界不良になるだけでなく、気温が下がれば海面が再び凍り始め、ビセット——つまり、氷海に閉じ込められてしまう可能性がある。

「航海士！　持ち場へ戻るぞ！」

氷盤とのバトルは再開された。

厚い氷に行く手を阻まれながらもラミングは夜を徹して続けられ、艦体は幾度となく揺さぶられた。

三津田は二段ベッドで何度も寝返りを打ち、眠れた気がしなかった。

翌朝になっても、厚い雲と艦の狭間を冷たい風が吹き抜けるだけで、太陽が姿を見せることはない。

夏場に解けることなく冬を迎えた氷は再凍結し、厚さと硬度を増す。厚さが三メートルを超えるその氷盤を、おくるみで赤子を包み込むように積雪が覆っていた。

「航海長、今日も曇り空ですね」

「ああ。ここまで雲が厚いと太陽の光は届かねェ。積もった雪も解けねえまんまで、しばらくは燃料泥棒だなァ」

衛星写真を解析すると、多年氷帯は少なくとも数マイルは続くと予想された。

「ゆきはら」には昭和基地で一年間で消費される燃料と物資が約二万トン積み込まれている。その重量で艦体ごと乗り上げても、一回のラミングで進める距離は約二十メートルまで縮み、ラミングの回数は一日に二百回を超えた。

一回のラミングで使用する燃料はドラム缶に換算すると約一・五缶分に相当する。エンジンから噴き出る断末魔の叫びに一刻も早く終止符を打ち、何としても、観測隊の志の糸を繋がなければならないのに、残された時間と燃料だけが虚しく減っていく。

艦橋からはちらほらとため息が漏れ始め、三津田も口を開いた。

「だめだ。距離が伸びない。両舷後進微速！」

吉浦は双眼鏡を外し、すぐに艦を後退させた。

「郷原隊長、明日以降の天気はどんなもんですか？」

　口を開いたのは川尻だった。

「ええ。低気圧が移動していく筈ですから、今後の見通しは悪くありません。陽光で雪解けが進むのではないかと読んでいます」

「なるほど。今後の天気を味方につけられるかもしんねえなァ。南極攻略に焦りは禁物、忍耐あるのみ」

　川尻の言葉に仁方が口を開く。

「天気が回復するように、後で三津田と神社に参拝しますよ」

　艦には神棚が設えられ、富士山本宮浅間大社が祀られている。手入れはされているが、参拝する者はそう多くはない。

　寺の息子も神社に参拝するのかと不思議に思いながら、仁方の後について行った。

　そして神棚に二礼二拍手を終えた三津田たちは浴場へと向かった。

　三津田がシャワーヘッドを手に取ると、仁方が髭を剃りながら徐に口を開いた。

「川尻さんが運用長の頃なんだよ。昭和基地に接岸できなかった『あの時』ってのは」

　定着氷が築いた牙城に行く手を阻まれ、接岸できなかったという苦い過去が「ゆきはら」にはある。

　時間と燃料ばかりを食いつぶし、いくら体当たりしても、昭和基地との距離が縮まらなかった当時の話を仁方が始めた。

「川尻さん、思い出すだけでも悔しいんだろうね。ペンギンにさえ追い抜かれてさ。艦橋にいた全員はもう苦笑いするしかなかった」

「任務を完遂できなかった悔しさを、副長も航海長もご存じなんですね」

「ああ」

「副長、もし今回接岸できなければ……」

「いや、もうあの頃とは違う。同じ轍は踏むまい」

三津田は小綺麗になった仁方の表情から強い意志を感じた。

「吉浦さんは、『ゆきはら』の艦長になるのを目標として、それを叶えてみせた人だから。それは僕も尊敬してるし、吉浦さんの背中を追いかけてる。ただ……」

仁方の顔が曇った。

「吉浦さん、言ってたんだよ。これで夢が終わる、って」

「夢が終わる、ですか？」

「あの人の夢は『ゆきはら』の艦長として南極へ行くことだった。それが叶うと同時に燃え尽きてしまうんじゃないかって」

「夢が叶う時の達成感より虚しさ。物語が終盤にさしかかった時の妙な寂しさでしょうか――」

「ああ、なるほどね。夢を叶えた時よりも、夢を見ている時の方が人は幸せなのかなあ」

二人は海水が張られた湯舟に浸かった。体中に小さな針を刺されるような痛みが走る。

「吉浦さんの奥さんってね、天体観測が好きだったんだよ。確か天文同好会ってところに入ってて、オーロラに魅せられた人だったんだ。吉浦さんと出逢う前からずっと南極観測隊に応募してたんだよ。志半ばで逝ってしまったけど」

「今次は本来より二か月近く早く帰港する計画ですから、オーロラも見られない可能性が高いんですよね」

「ああ。昭和基地はオーロラ帯と呼ばれるオーロラがよく見える地域にあるけど、停泊している間は白夜期だからね。眩い空にオーロラを見つけることは難しいかもしれない。皮肉な巡り合わせだ」

仁方は浴場の天井を仰いだ。


翌日になると南極高気圧が張り出し、絵葉書になるほど美しい晴れ間がのぞいた。ラミングによる進出距離をよりいっそう延伸するために、衝突速力は限界に近い十一ノットまで引き上げられた。

氷海を堂々と突き進む女帝の周りを、記録撮影用のドローンが飛んでいる。

『ゆきはら』が持つ能力ならば必ず接岸できる」

乗員の祈りが届いたのか、進行距離が昨日までの倍以上に延び、「ゆきはら」は多年氷帯を抜けた。

「見えた！　見えましたよ、昭和基地が！」

三津田が興奮気味に声をあげると、艦橋がどよめいた。

昭和基地が肉眼で視認できるまでになったのだ。

三津田の声に、艦橋にいた乗員達がお互いを労うように手を叩き始め、吉浦も仁方の肩を叩いた。

まもなく接岸の目途が立つ。

壊れた鳩時計みたいに「ボヤッとするな！」と怒鳴り続けていた川尻も、皆と同じ表情を浮かべていた。

「あのう、艦長」

三津田は吉浦に声をかけた。

「今夜、科員食堂で夕食をご一緒させていただいてもよろしいですか？」

「吉浦さん、今日は三津田を労ってやってくださいよ」

仁方はニヤニヤしていた。

「先約はありませんから、是非行きましょう」


食堂へ向かう間、吉浦は口を噤んだままだった。

その背中を見ながら、三津田は思った。

——あの時の父さんと同じ背中だ。

食堂に入ると、配膳台にはローストチキンとオニオングラタンスープ、そしてポテトサラダが並べられていた。

「そうか！　今日はクリスマスイブか！」

ハッとする吉浦を横目に、三津田は「どうぞ」とテーブル脇の椅子を引いた。

「クリスマスの時期は、いつも昭和基地へ入港する前後なのにねえ。すっかり失念していました」

バツが悪そうに苦笑いを浮かべながら、吉浦はスープに口を付けた。

「私なんかが、お誘いしてしまいすみませんでした」

「いえいえ。一人でクリスマスを迎えるところでしたよ」

三津田は首を振った。

「先日は、理髪室で少し湿っぽい話をしてしまいましたね」

三津田はまっすぐ、吉浦を見つめる。

「いえ。でも、副長が心配していました。この航海で艦長が燃え尽きてしまうんじゃないかって」

「仁方のやつ、嗅覚が鋭いなあ」

フッと笑みを浮かべた吉浦が三津田には寂しそうに見えた。

「鋭いって、それじゃあ――」

「そう思っていた時期もありました。生きる意味を見失ってしまいそうになった時が――」

三津田は躊躇(ためら)いながら口を開いた。

「うちの父と、吉浦艦長が被(かぶ)るんです」

吉浦は食事の手を止めた。

「私が高校生の頃、うちの母が亡くなりまして。その時の父親と艦長が、全く同じ背中をしているんです。うちの父は、決して母のことで弱音を吐きませんでした。艦長も同じだと思います。でもパートナーを失うって、そう簡単に乗り越えられることじゃないですよね。艦長、辞めたりしませんよね？　副長が言ってた、燃え尽きてしまいそうな気がするって、そういう意味じゃないですよね！」

二人の様子を見て、背後で笑う人影があった。

「メリークリスマス！」

「仁方！」

突然姿を現した仁方が三津田の隣に腰を据えた。

「お前ってやつは本当に……」

「だって副長がなんとかかって聞こえてきたんだもん。僕だって、吉浦さんが辞めてしまうんじゃないか、ってこう見えて心配してるんですよ。だから本当のところを聞きたいと思って」

すると突如、艦内放送のアナウンスが入った。

「安浦三曹、第一子誕生、母子ともに健康。おめでとうございます」

食堂ではわぁっと歓声と拍手が湧いた。

「ええっ！　来月に生まれるって聞いたんですが！」

「あくまで予定日ですからね。母子ともに健康！　これほどめでたいことはない！」

吉浦も両手を高く挙げ、手を叩いた。

「今日はせっかくのクリスマスイブなんだから、湿っぽい話は無しにしましょう」

「なにがどうなるかなんて、誰にもわからないってことかな。吉浦さん」

「ああ、そうだ。それに仁方が俺に辞めて欲しくないのは、人手不足に陥って、自分の仕事が増えるのが嫌だからだろ？」

吉浦は肘で仁方を小突いた。

「吉浦さん、ひどいなぁ！　あ、ホントは照れてるんでしょ？　かわいい後輩に心配されて！」

「そんなことあるわけない！」

二人の様子を見て、三津田は笑いだしそうになるのをぐっと堪（こら）えた。

「あ、ほら、三津田にまで笑われてる！」

聖なる夜の艦内放送に遮られ、吉浦の真意を知ることはできなかったが、三津田の目に映る二人には、先輩と後輩、上司と部下以上の強固な団結力が存在していた。

壮大な自然に立ち向かい、厳しい波を共に乗り越えることができた時、血縁にも似た絆（きずな）が育まれるのかも知れない、そう思うと、今のこの仕事が尊く思えていた。

第四章　上陸

「入港用意！」

当初の予定からは六日遅れて、声高らかな艦内アナウンスが響き渡った。

昭和基地には桟橋はなく、接岸をするのは昭和基地から一キロ以内とされており、より近い方が物資を効率的に運べる。

上陸にさきがけ、燃料の送管パイプの長さを考慮し、昭和基地から三百八十ヤード、約三百五十メートルの沖合にある定着氷上に錨（いかり）を下ろす目途を立てた。

真っ白な雪原のところどころに剝き出しになった南極の大地が、艦橋の窓から見える。

南極は氷の塊ではなく、氷で覆われた大陸なのだ。

「航海士、旗（き）りゅうの準備しとけェ！」

「はい！」

川尻の言葉を受け、旗りゅうの種類、順序、向きに間違いがないか、三津田は念入りに確認を行った。

ミスが無くても、褒められるわけではない。ミスが無くて当たり前、ただそれだけだ。

「ゆきはら」のメインマストには、迎えに来たという信号を越冬隊員たちに送るための色とりどりの旗が、風に靡（なび）くように掲げられた。

三津田の鼓動は高鳴り、上陸を心待ちにしていた。

「川尻さん、三津田にご褒美(ブラボー)あげるとしますか」

「なにィ？　ブラボーだと？」

仁方に言い返しながらも、川尻はまんざらでもない顔をしている。

「上陸したら艦も慌ただしくなるからな。晩飯食った後にアレ食いに行くか。どうせ陽も暮れねえんだし」

「航海長、アレ、っていったい何ですか？」

「南極を食いに行くんだ」

三津田は訳が分からないままとりあえず頷いている。


上陸許可が下りると、川尻、仁方を追って、三津田は艦を後にした。

タラップの手すりにかけた三津田の手が、緊張でやや震えている。

眩(まぶ)しい世界に引き寄せられ、一歩一歩を踏みしめながら進んでいくと、今まで感じたことのない達成感が広がっていく。

自分が持つ感性や尺度では測れない、極限の世界が目の前に広がっているのだ。

三津田は、放課後の裏山で同級生たちと競うように木登りをした少年時代を思い出した。

当時は登りやすい枝ぶりの木を選んでいたかもしれない。高い木に登りたかったのでも、速く登りたかった訳でもない。登ったらそこにどんな景色が広がっているのか、三津田はただそれが知りたかったのだ。

頬を掠(かす)めるのは、ただの冷たい海風ではない。

「これは南極大陸の息吹なんだ……！」

タラップから降り、南極を踏みしめると、三津田の胸の底から熱いものが込み上げてくる。

「航海士！　早く来ねえと、補給が始まるぞ！」

「はい！」

川尻と仁方が上陸に問題がないことを確認しているところへ、三津田が小走りで追いつく。

仁方はてきぱきとトールサイズの紙コップとスプーンを取り出した。

「じゃあ三津田、ここに雪を詰めて」

川尻はイチゴ味のシロップと練乳を取り出した。

「もしかしてかき氷を作るんですか？」

「そうだよ。南極に来た時は川尻さんと一番に南極を食ってやる、って決めてるの。本当は南極の氷でブランデーのロックとか作ったら美味いんだろうな！」

「酒はいかんだろ、酒は」

川尻は一口目を口に運んだ。

「今年の南極も美味いなァ」

「三津田、これは『ゆきはら』の乗員でなければ味わえない特権だよ。色々あった分だけ身に染みますね、川尻さん」

「ああ。ここに長居はできねえからな、お前らもさっさと食え」

三津田はかき氷を口に運び続け、徐に口を開いた。

「副長、近頃はどこもかしこも艦長ばっかりだなんて仰ってましたけど、本当に『ゆきはら』の艦長になることに興味はないんですか？」

「え？　まあ、それは――」

「おい、待て」

仁方の目が泳いだのを川尻は見逃さなかった。

「艦長になるつもりねぇのかァ？　てめェ、このやろう！」

川尻は持っていたスプーンを振り回した。

「川尻さんのおかげで、僕はここまでなんとかやって来られましたけど――」

仁方は胸元の名札を摩(さす)った。

「『ゆきはら』の副長になったからって、艦長になれるとは限りませんよ！『ゆきはら』は一隻しかありませんから、総監になるより難しいんです！　でも僕は川尻さんに恩を返す意味でも艦長にならなきゃって思っては――」

「うるせえ。俺が見込んだんだから、胸を張って自信を持て！　夢は大きく、志は高く持てよ！」

川尻は仁方の額を指で弾(はじ)いた。

「いてぇ。三津田も気づいてはいると思うけど、川尻さんはね、本当は優しい人なんだよ。わざわざ悪役を買って出てくれてんの。ですよね？」

「罪滅ぼしってやつだ」

「航海長、一体どういうことですか？」

川尻は食べる手を止めた。

「俺の同期はなァ、訓練の時にふざけてラッタルから転げ落ちて、車椅子生活になったんだよ」

初めて見る川尻の辛い表情だった。

「怒鳴れない上司もウチにはいるんだ。いわゆる優しい先輩ってやつ。でも俺は恨んだね。なんでもっと厳しく指導してくれなかったんだァ、ってよゥ。口で言ってわからねえなら――」

川尻が殴る真似をしようとするのを、仁方が「まあまあ」と牽制した。

「部隊を指揮する上司の出来が悪いと、後ろに続く者を危険にさらすだけなんだぞ！　もし自分のヘマで怪我でもしてみろ。一生自分のことが許せねェ。自分を許せねえのは、他人を許せねえより辛ェ。だから腹立てて、悔しくて、自分を許せねえのは俺だけでいいんだ」

「航海長……」

「俺が育ててやってる、なんて思ってねェ。しかしなァ、育ってくれねえと、艦は前に進まねえんだ」

「川尻さんが言うように、氷海という過酷な環境で、ゆとり世代やほどほど志向のさとり世代の若手幹部を育成するのも、決して楽じゃないんだからね！」

そう言う仁方の眉尻にある傷を川尻がなぞる。

「この傷は、すまんがやりすぎだったかもわからんなァ」

「殴られるくらい僕はヤバいことをした、ってことですよ」

仁方は苦笑した。

「艦橋で川尻さんがデカい声出してくれて、緊張感で空気がピリつくくらいがいい。三津田はパニックだっただろうけど――」

「船乗りになァ、過度な慣れは禁物だ。どんな航路も同じ航路は二度と無（ね）ェ」

「それが川尻さんのやり方なんだよ」

「海上自衛隊という看板にぶらさがるな、海上自衛隊を、そして全乗員を背負って行けよォ！航海士！」

「はい！」

三津田は何かを悟ったように感じ頷いた。

「ゆきはら」と共に、荒波を乗り越えられたからこそ見える景色をのぞいた気がした。

「せっかくだから、艦長の分も持って帰ります」

そう言うと、真っ新（さら）な雪を紙コップにかき入れた。


一息ついたのは束（つか）の間で、「ゆきはら」の隊員は慌ただしく動き始めた。

直ちに「ゆきはら」と昭和基地の燃料タンクを繋ぐパイプラインが敷設され、今後約一年間の昭和基地での消費を見込んだ燃料の輸送が開始された。またヘリによる空輸や、夜間には雪上車で大型荷物を運ぶ氷上輸送、昭和基地からの廃棄物の持ち出しなど、主目的である輸送作業が着々と進められた。

昭和基地の設備等の増改築は気候が穏やかな夏の時期に行われるため、乗員の支援による基地設営も行われる。

そして、ルッカリーと呼ばれるペンギンの集団営巣地の調査など、ヘリによる野外観測支援が開始され、「ゆきはら」では忙しなく新年を迎えたのだった。

その後、「ゆきはら」は一時昭和基地を離れ、リュツォ・ホルム湾内での海洋観測支援を終えると、約五十日間に及ぶ白銀の南極滞在に終止符を打った。

全ての乗員と共に、安全に母港に帰るという最後の任務にとりかかるべく、錨を上げた。

南極で冬を越す、つまり昭和基地に留まる越冬隊との別れを惜しみながら、南極を後にしたのだった。

白夜期が終わり、陽が沈むと短い夜がやって来る。

そして波が作り出すリズムは、まるで心地よいゆりかごのようだった。

ようやく日本に帰れるという安堵感に包まれ、三津田が深い眠りについた矢先に、居住区の扉が大きく開け放たれた。

「大変だ！」

仁方が声を張り上げ、室内灯をバチンと点けると、あまりの明るさに三津田と野呂は、目も開けられないでいる。

「二人とも早く起きて！　ついて来て！」

乱暴に放り投げられた防寒具を摑み、ベッドから転げ落ちながら、三津田と野呂は仁方の背中を追いかけた。「こんな筈じゃなかった！」と言うだけで訳も話さず、黙ってついて来いと言わんばかりに、仁方は肩で風を切って急ぐ。

「副長、一体何が起きたんですか？　甲板へ向かうんですか？　ヘリに異常でもあったんですか？」

野呂が尋ねても、仁方の返答はない。

防寒具を着た他の乗員も、わらわらと小走りで通り過ぎていく。

「副長、一体何が――」

一足先に艦首甲板に飛び出た仁方が、艦首の向こう側を指さすと、三津田は、薄い雲の中にゆらゆらと動く光を見つけた。

ドレープカーテンの裾のように、淡い緑色が揺らめいている。

「オーロラだ！」

三津田と野呂は同時に声を上げた。

「そうだよ。あれがオーロラだ！」

仁方も息を弾ませ、野呂はすぐにポケットからスマホを取り出し、動画撮影に夢中になっている。

真夜中だというのに、甲板には乗員が多数集まっていた。

「吉浦さん！　航海長！　こっちこっち！」

仁方が手招きをすると、川尻に連れられてやってきた吉浦が合流する。

年間を通して発生しているオーロラは、明るい夏の南極の空で見ることは難しいが、白夜期が過ぎ、暗くなる夜空をスクリーンにすることでようやく人の目でも見ることが叶うのだ。

まるで時間が止まったかのように、乗員たちはゆらゆらと幻想的に降り注ぐ光を浴びていた。

「今年は見られねえと思ってたんだがなァ。ラミングが上手くいって、予定通り接岸できていたら見られなかったかもしれねェ。人間万事塞翁が馬！『ゆきはら』に乗る全員へのブラボーだ」

川尻に肩を叩かれた三津田は、大きく頷いた。吉浦の時計だけが止まっていると思っていた三津田だったが、自分の時計も入隊してから止まっていた。

針を止めてしまったのは自分だったことに気づくと、三津田はそれを自ら動かす術を悟った気がした。

容赦ない自然に、幾度となく果敢に立ち向かってきた「ゆきはら」。その「ゆきはら」を昭和基地に接岸させることができたのは、全ての乗員の決して諦めない一枚岩のような団結力と、歴史ある南極観測のバトンを繋ぐという強い意志だ。

砕氷艦「ゆきはら」のその姿が、三津田を本気にさせたのかもしれない。

職場で腐ってしまいそうになる時は幾度となくあったが、耐え忍んだその先には護るべき平和があり、そして誰かの笑顔に繋がっているのだと三津田なりの答えに辿り着いていた。

「三津田、南極へ向かうまでの航路は、他のどの航路よりも過酷なんだから。任務を完遂して無事に日本に帰れた時は、胸を張ろうな」

仁方の隣で、吉浦が大きく頷いている。

「誰からの指示を仰ぐこともなく、単独で南極へ向かうということ、それが砕氷艦の醍醐味とも言えますね。このまま何事もなく終わればいい。何事もなく――」

「吉浦さん、夢を叶えることは物語の終わりなんかじゃない。吉浦さんが突き進んで来た航路は吉浦さんの背中を追う者の航路と繋がっていて、また新たな物語が始まろうとしてるんだから」

仁方は三津田の肩を叩いた。

「新たな物語か――。仁方と三津田君、妙な心配をかけてしまったみたいで申し訳ない――。

死んでしまったら全ては終わる、そして夢を叶えることで、私も燃え尽きて終わってしまう、きっとそんな気がしていたんだ」

オーロラが反射して、吉浦の目にも仁方の目にも光が宿って見える。

「副長が言う通り、極楽なんてあるのかどうかはわからないけど、そこに母さんがいるなら、またいつか会える気がして。そう考えれば、母さんが私に強さを与えてくれる気がします」

吉浦は何かを思い出すように、宙を仰いでいる。

「ああ、もうオーロラが消えてしまいそうですね」

三津田は惜しいような声を上げた。

「諸行無常。この世の全てのものは移ろいで行く。でもね、爺ちゃんが言ってたけど、魂は永遠なんだって」

「ああ、そうか」

徐々に薄れていくオーロラを慈しみながら、吉浦は口許に笑みを浮かべていた。

「不思議だなあ。この空の下で、吉浦さんと三津田とこんな話をするなんて」

オーロラの光が消えると共に、三津田の胸中にあった息苦しさも和らいでいく。

吉浦は満たされた表情を浮かべ「さあ、帰ろうか」と声をかけた。

「はい」

何の目標も持たずに「ゆきはら」に乗り込んだ筈の三津田の羅針盤は、ぐるりと向きを変え、希望を目指していた。

（主要参考文献）『しらせ―南極観測船と白瀬矗―』　小島敏男　成山堂書店

砕氷艦「しらせ」ってどんな船？

山本賀代

南極大陸は日本の約37倍で、98パーセントは氷で覆われています。現在の秋田県にかほ市で生まれた白瀬矗さんは、「開南丸」という木造帆船で日本人で初めて南極大陸へ上陸した人物です。

その後、初代南極観測船として造船された「宗谷」は、当時海上保安庁の所属でした。二代目の砕氷艦「ふじ」から海上自衛隊の所属となり、その艦体には5001と刻まれ、初代砕氷艦「しらせ」は5002、そして現在のしらせには5003という数字（艦番号）が刻まれています。

砕氷艦「しらせ」の名前の由来は？

南極地域観測統合推進本部が艦名を募集し、その中には「しらせ」「ゆきはら」などがありました。主として山または氷河の名から命名するという当時の防衛庁の通達により、南極の昭和基地近くにある白瀬隊長の功績を称え名付けられたとされる「白瀬氷河」を基に砕氷艦「しらせ」と名付けられたとされています。

砕氷艦「しらせ」の装備について

○融雪用散水装置

氷盤に積もった雪を融かし、冠雪抵抗を減らす装置です。一分間に約二百六十トンの海水を噴き出しています。

○二重船隔構造
衝突や座礁などによる油の流出を防ぐためとされています。

○飛行甲板
ヘリが発着できる甲板で、体力練成のために推奨されている艦上体育が実施されることもあります。

○ヘリの格納庫
輸送用大型ヘリコプターCH－101を二機、そして観測隊が観測のためにチャーターする観測用ヘリを一機搭載することができます。

○貨物コンテナ
南極観測隊が約一年間もの間、南極で過ごすための物資を積み込むコンテナです。輸送物資の重量は約千百トンにも及び、12フィートのコンテナを56個（内冷凍は8個）搭載することができます。

○ステンレスクラッド鋼
砕氷艦では、勢いをつけ、氷盤に艦体を乗り上げ、艦の重さで氷盤を割る「ラミング」がしばしば行われます。

このラミングの性能を向上させるために、耐食性が高く、摩擦抵抗が少ないステンレスクラッド鋼が、艦の喫水部分に巡らされています。有害塗料を使用しないことで、環境に配慮された「エコ・シップ」としても知られています。

氷上を進む砕氷艦「しらせ」

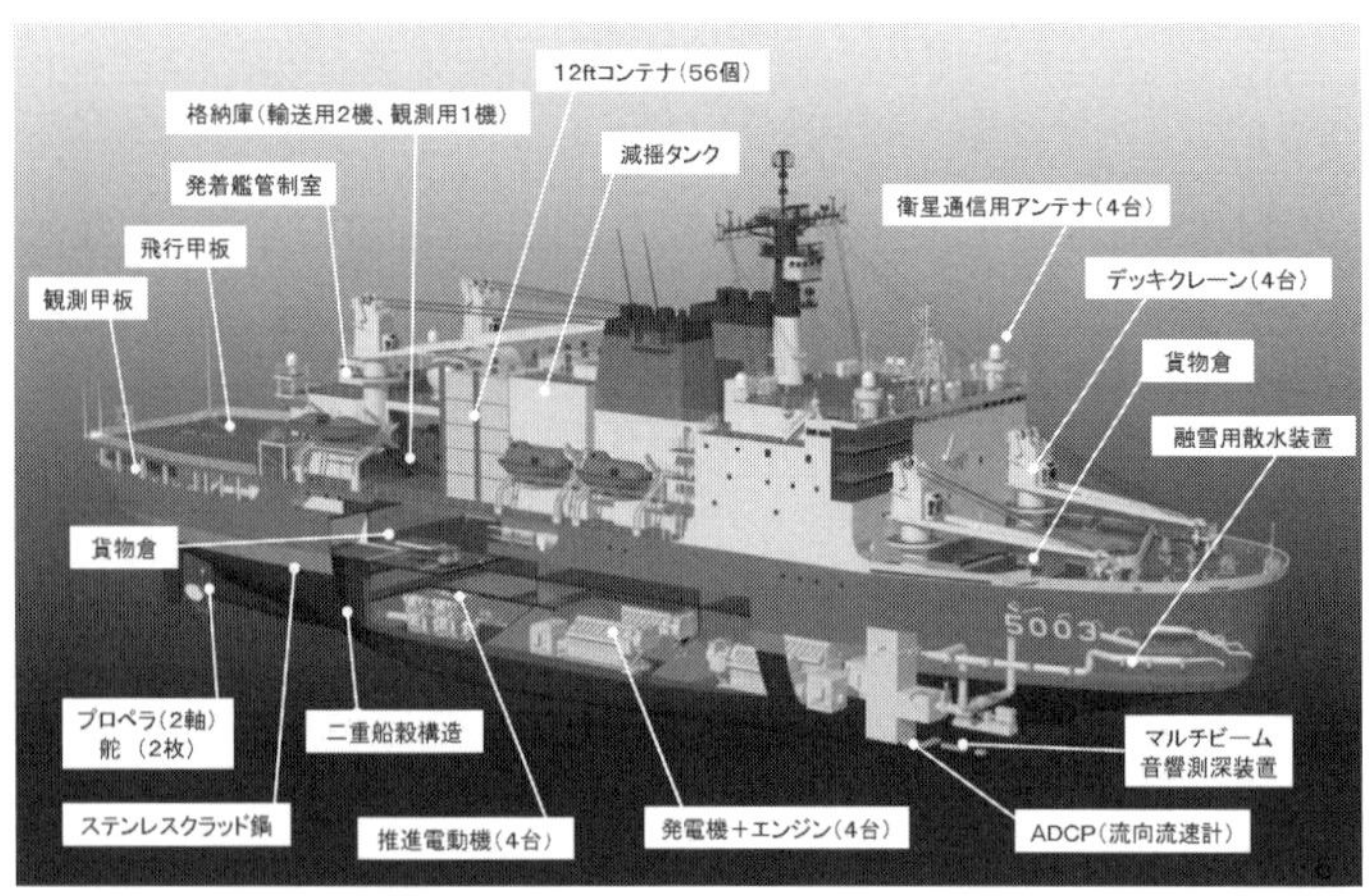

砕氷艦「しらせ」の装備解説図

出典：海上自衛隊ホームページ

空のプライド

福田和代

作者から

航空自衛隊の基地は海岸の近くにあることが多いですが、海沿いの空港が悩まされやすいのが、バードストライクです。鳥の群れがエンジンに飛び込んでエンストを起こした、などというニュースも見かけますよね。

本作は、バードストライクが発生し戦闘機のキャノピーにひびが入ったのに、当の鳥は生きたまま飛び去ってしまったという、ありえない事件をパイロットが調査します。

衝突の相手は、超合金製のロボット鳥だったのでしょうか？

そして、時はコロナ下。感染拡大を防ぐため、遠方にいる家族や親族に会うことも制限され、家族が入院しても面会できず、といった辛（つら）い状況を経験された方も多かったと思います。主人公の父親も入院中なのです。

コミュニケーションが下手な父親と息子の、もどかしい愛情の示し方や、仕事に懸ける思いも、プロフェッショナルの仕事を愛する私らしい短編になりました。

福田和代（ふくだ・かずよ）

1967年、兵庫県生まれ。神戸大学工学部卒。2007年、航空謀略サスペンス『ヴィズ・ゼロ』でデビュー。航空自衛隊航空中央音楽隊を描いた「碧空（あおぞら）のカノン」シリーズ、航空自衛官たちが国際的な謀略に巻き込まれるサスペンス『侵略者（アグレッサー）』など自衛官の活躍を描く作品も多い。著書多数。

『政府は、緊急事態宣言の対象地域に、茨城、栃木、群馬、静岡、京都、兵庫、福岡の7府県を追加し、期間は8月20日から9月12日までとすることを決定しました』

部屋の隅に置いたテレビで、NHKのニュースが流れている。

真剣に画面を見ているものはいないが、この神福山梢子というニュースキャスターの声は、自然に耳に流れ込んでくる。

「行けハイヴ！　あと三十秒！」

ペッパーこと盛岡保一等空尉は、動画の残り時間を確認して声援を送った。

ハイヴが床で腕立て伏せをやっている。モビィの「フラワー」という、しごく単調な節回しと歌詞を持つ歌にあわせ、歌が「アップ」と言えば身体を起こし、「ダウン」と言えば身体を伏せる。これを延々、三分半繰り返すだけ。北米では軍人らのワークアウトに使うらしい。

簡単そうだが、これが意外にきつくて効く。

「はい、完走！」

曲が終わり、ハイヴが力尽きて床に伸びた。

「ちょっと腰の位置が高いな」

ボンタが涼しい顔でダメ出しをする。

「えっ、そう？」

「まだまだ甘いね」

「マスクすると、けっこうきついわ」

ハイヴが顔を歪める。たしかに、マスクを着けたままワークアウトすると、息が切れる。

「あのキャスター」

床に伸びたハイヴがテレビに顎をしゃくった。ペッパーはにやりとして、わざとらしく耳に手を当てた。

「ん？　神福山ちゃんがどうかしたか？」

「うっせーな。見ろよ、だいぶ疲れてるよな。ストレス溜めてそうな顔してる」

「まあそりゃ、疲れてきて当然だよな。緊急事態宣言も四回めだ」

二〇一九年の末から始まったこのウイルス騒ぎは、二〇二一年の八月になっても、終息するどころか感染者数がうなぎ上りに拡大するいっぽうだ。

東京では、感染者の増加に病床確保が追いつかず、救急車を呼んでも入院先が見つからずに戻ってしまうこともあるそうだ。症状が一定のレベルになるまでは、自宅療養をすることになっている。そのまま自宅で亡くなる人もいるらしい。

福岡県内でも七月の終わりごろから感染拡大が止まらず、ついに緊急事態宣言の仲間入りをすることになった。築城基地の隊員たちも無関係ではいられず、この七月、八月にも感染者がぽつり、ぽつりと発生している。

全国的に、高齢者を中心にワクチン接種が進んでいるが、まだ出口が見えない。

いつになったらおさまるのか。元の生活に戻れる日は来るのか。今はまだ誰も確たる答えを持たないのだ。疲労が蓄積して当たり前だ。

「次、誰だ？」

煽（あお）るように尋ねると、ベインが「はいはい！」と勢いよく手を挙げて立ち上がった。

「ハイヴには負けないよ！」

音楽を準備すると、ベインがハイヴと同じように床に手をついた。

航空自衛隊、築城基地の警戒待機所だ。

外国からの領空侵犯に対応するため、交代で二十四時間アラート待機している。緊急発進の警報が鳴れば、戦闘機F‐2に乗り込んで五分以内に飛び立つためだ。

航空機の移動は速いので、領空侵犯されてから離陸しては手遅れだ。警戒管制の担当がレーダーを睨（にら）み、正体不明の航空機が防空識別圏に入れば、領空侵犯の恐れありと判断した時点で緊急発進する。

そのため、滑走路の終端近くにアラートハンガーと呼ばれる緊急発進用の機体格納庫をつくり、実弾を積んですぐに飛び立てる整備済みの機体を用意しているのだ。

パイロットはアラートハンガーのそばにある警戒待機所で、休息や仮眠も挟みつつ、待機する。飛行服もほぼ身に着け、食事も運搬食を待機所まで運んでもらう。

二十四時間、緊張してじっと身体をこわばらせていたのでは即座に対応できないので、ペッパーの場合、待機中は持ってきた新聞や雑誌を読むほか、軽く身体を動かしたり、同僚と喋（しゃべ）ったりもしながら集中力を切らさないようにしている。

「まだこんな時間なのに、汗が噴き出すな」

ボンタが壁の時計に視線をやった。午前十時を過ぎたところだ。

「ハイヴの体温が高いせいじゃないか。燃える男だからな」

ペッパーはからかった。待機所にもエアコンはあるが、パイロットの飛行服は上空の気温にあわせて生地が丈夫で、冬はともかく夏は着て待機するだけで汗だくになる。腕立て伏せを終えたハイヴが、胸元から風を入れている。

「言っとくが、熱はないからな」

ペッパーの言葉に、ハイヴが眉をひそめて念押しする。今は、発熱が新型コロナの感染を想起させるからだろう。

「悪い。失言だった」

現在、ペッパーとボンタが五分待機組だ。

いま緊急発進の警報が鳴れば、ペッパーとボンタの組がアラート待機中の機体に乗りこむ。ハイヴたちは、次のアラートに備えて五分待機に繰り上がる。

「レディ、ゴー！」

グリーン・サリー・アップ、グリーン・サリー・ダウンという歌詞の、耳にタコができるほど聞いた曲が流れだした。腕立て伏せを始めたベインを、横で囃(はや)し立てる。

待機所のスピーカーから、防空指令所の不明機(アンノウン)情報が流れだした。レーダーがキャッチした不明機の位置や進行方向、速度などを報告している。

「うちに来そうだな」

じっと聞いていたボンタが顔を上げた。

何年か仕事をしていると、勘が働くようになる。

現在、アラート待機中の飛行隊は、西空エリアだけでも春日や新田原など数か所あるが、アンノウンが発見された位置や進行方向、直近の出動状況から考えて、築城に緊急発進の指令が下りそうだ。そんなことを考えていると、案の定、春日DCからスタンバイの指示が入った。

ペッパーはボンタと目を合わせ、Gスーツを身に着けると、急ぎ足でアラートハンガーに向かった。言葉はいらない。気分は〈待機〉モードから、一瞬で〈搭乗〉モードに切り替わる。後ろで、ベインが腕立て伏せを中止し、スマホで流していた音楽を停めた。

整備員待機室からも、整備士たちがハンガーに飛んでくる。

まだサイレンは鳴っていないが、ペッパーらと整備士は、手順に沿って流れるように緊急発進の準備を始めた。ペッパーは一番機のタラップを上がり、F-2のコックピットに身体を沈め、マスクを外した。

F-2は、体格のいいペッパーには窮屈に感じられるが、慣れると目をつぶっていてもどこに何があるかわかるし、身体にぴったりした機能的な衣服のようなコックピットだ。

引っ掛けてある自分のヘルメットをかぶると、かすかに消毒薬の臭いがした。かまわずベルトを締め、酸素マスクを装着した。

新型コロナウイルスの感染拡大を防ぐため、基地の中でもさまざまな対策を行っている。

航空祭や見学の中止をはじめ、隊員をA、Bの二チームに分け、仕事場や動線を別にして、万が一どちらかで感染者が出たとしても、その後の業務に支障が出ないようにした。そのほか、当然ながらマスク着用、アルコール消毒の徹底や、食堂の席を減らして対面で座らないようにしたり、食事の時間をずらしたり、無言で食べるようにしたり。執務室の換気をよくして、なるべく席を離すなどもした。

良いストレス解消になっていた、仲間との会食や飲み会も控えている。アラート待機に配置されるF-2パイロットが、そろって感染したりすれば、目も当てられない。

それだけじゃない。

今、ペッパーは家族と離れて単身赴任している。妻の奈々(なな)は大阪のアパレル企業に勤めていて、彼の転勤に合わせて退職するわけにはいかなかった。

大阪と福岡なんて、新幹線に乗ればあっという間――だったのに、今は県をまたぐ移動が難しい。できるだけ毎日、短い時間でもビデオチャットで言葉を交わしているが、一年半もじかに会えないなんて、寂しいものだ。

それにペッパーの実家は大分にあるが、今は正月や休暇の里帰りすらままならない。感染防止のため病院が面会を中止しているので、去年の夏に父親が脳梗塞で倒れて入院した時も、駆けつけることができなかった。

まだリハビリは必要だが、幸い、生活にほぼ支障がない程度に回復して、自宅に戻ることができた。とはいえ、あれが今生の別れになった可能性だってあったのだ。

――こんな最悪のタイミングでも、領空侵犯機は来る。

世界中が新型コロナウイルスへの対応に必死になっている時期でも――だからこそかもしれないが――まるで獲物の弱りぐあいを確認する肉食獣のように、領空侵犯機は顔を覗(のぞ)かせる。

コロナ禍だろうが何だろうが、国防は待ってくれない。

二〇二〇年度の緊急発進回数は、対中国機・ロシア機・その他あわせて七百二十五回で、前年度と比べると、二百回以上減った。

　過去最高の年間緊急発進回数を記録した二〇一六年度には、千百六十八回だったことを思えば、四割近くも減少した。

　――とはいえ、こんな緊急事態のただなかくらい、上辺だけでも遠慮しておとなしくしてくれればいいのに。

　これが現実だ。

　いつか軍備など必要ない、本当に平和な世界がくればいいとは思うが、人類はそこまで成熟していない。

　ひとたびパンデミックが起きれば、ここぞとばかりにマスク外交やワクチン外交が始まるし、弱みや隙を見せれば、喉元に食いつこうと虎視眈々（こしたんたん）と狙うものもいる。危機のさなか、大国の思惑に振り回される小国こそ、いい面の皮だ。

　――まあ、本当に平和な天国みたいな世の中がくれば、俺の仕事もなくなるけど。

　ホットスクランブルを指示するサイレンが鳴り響いた時には、すでにペッパーたちはF―2のキャノピーを閉められる状態になっていた。整備士らが、慌ただしく最後の仕上げをする。めちゃめちゃ暑いが、暑さを忘れている。

　サイレンが鳴って数十秒でハンガーを出た。

　ボンタの二番機は、ペッパー機の少し後ろをついてくる。

　滑走路までの短い路面が、濡れて輝いている。昨夜から今朝にかけて、雨が降っていた。台風ではないが、突風のような強い風も吹いていた。

滑走路に入る手前で待機して、新田原基地の管制塔と交信した。

「築城タワー　ローレル01。リクエストタクシー　アンド　デパーチャー　インフォメーション」

『ローレル01　築城タワー。ランウェイ07、ウィンド……』

滑走路の利用許可を取る。少し前、訓練に出た編隊がいたが、離陸許可もスムーズに取れた。

編隊長のペッパー機が先に離陸した。指定された空域に到達するまで、数分だ。レーダーに映るアンノウンに接近し、証拠として写真も撮影する。それまで「未詳(アンノウン)」だった機体は、中国の識別マークを横腹に描いたY-9情報収集機になる。中国国内で開発された輸送機をベースにアンテナなどをつけた機種だ。輸送機にしてはほっそりした白い胴体部の先に、カモノハシのような短い「くちばし」を持つ。

『あいつら、何しに来るんだろうな。わざわざ日本までご苦労さん』

ボンタの小声のぼやきが編隊内のUHF無線に乗り、ペッパーは思わず苦笑いした。

「ローレル01、目標視認」

『通告一回目を開始せよ』

要撃管制官と連携し、指示を受けて無線を開き、通告行動開始だ。

「通告する。そちらの機は、許可なく日本領空に向かっている。ただちに針路変更せよ」

英語と中国語で繰り返したが、相手の機に反応はない。

「通告一回目を行ったが、行動に変化なし」

『了解。引き続き通告を実施せよ。領空まで十マイル』

「了解。引き続き実施する」

刻々とY-9は領空に近づいているが、通告を繰り返しても、針路を変える気配はない。要撃管制官もしんぼう強く通告指示を繰り返している。まるで、どちらかが根負けするまで繰り返すチキンレースのようだ。

昨年十月、ロシア機が知床岬の上空で領空侵犯したことが、ちらりと頭をかすめる。

もしこのまま、Y-9が通告を無視して領空侵犯すれば——。

『ローレル01、ターゲット領空侵入。領空侵犯機と判定された。警告を開始せよ』

「了解。警告を開始する」

——入りやがった。

小さく舌打ちする。たいていの機は、領空に侵入する手前で引き返す。領空侵犯は年に一、二回、あるかないかの頻度なのに、当たってしまった。運が悪い。

領空侵犯機と判断すれば、領空から退去するよう警告を行ったり、最寄りの飛行場に強制着陸させたりしなければならない。

少し離れ、後ろをついてくる、ボンタの二番機の存在を心強く感じる。

「ローレル02、領空外まで誘導するぞ」

『02了解』

編隊無線で二番機の行動を促し、ペッパーはスピードを上げ、Y-9の真横についた。ボンタがY-9の背後につく。Y-9のコックピットで、こちらを振り向く顔が見えた。バイザーとマスクに隠れて顔は見えないが、若いパイロットのようだ。

何を考えているのだろう。こちらの「圧」を感じてくれているだろうか。それとも、どうせ自衛隊は撃てないだろうと高を括(くく)っているのだろうか。

「警告する。そちらの機は、許可なく日本領空を侵犯している。ただちに領空を退去せよ」

警告を繰り返しながら、Y-9を領空外へ誘導しようと試みた。

――さっさと出て行け。

必要ないことを祈りながら、警告射撃のスイッチに指をかけて待つと、Y-9が翼を振った。誘導に従い、領空から出るために旋回を始めたのだ。

緊張で縮んでいた胃が、ホッとして緩む。だが、侵犯機が完全に飛び去るまで気は緩めない。

『ローレル01、ターゲットは我の誘導に従っているか』

「我の誘導に従っている」

Y-9を領空外までエスコートし、基地への帰投(きとう)命令が出ると、今度こそ安心した。

――今日は、無事に帰れる。

年間の緊急発進が七百二十五回ということは、平均して毎日二回は誰かがスクランブルで上がっているということだ。

こんな状態が続けば、いつか思いもよらぬ事故が起きるかもしれない。

どれだけ真剣にやっていても、人間の行動に百パーセントはない。機械だって故障することもある。

『いっきに腹が減ったな』

「帰ったらすぐ昼飯だ」

ボンタと話すうちに、築城基地の滑走路が見えてきた。

「それじゃ、お先」

管制塔から着陸の承認を取り、高度を下げながらスピードを上げて着陸態勢に入る。戦闘機は、猛禽類(もうきんるい)が着地するのと同じように、身体を起こして後輪から滑走路に着地する。空気の抵抗でスピードを落とせるからだ。コックピットが高い位置にあり、尾翼が下がっている姿勢で、あと少しで後輪が着地する、時だった。

いきなり、左前方から灰色の物体が猛スピードで右後方に飛び去った。同時に、キャノピーに何かがぶつかる衝撃音がして、視界が曇った。ひびが入ったのだ。

驚いたが、着陸態勢は継続した。動転したせいで、接地時の衝撃が常より強かった。

「ローレル01、バードストライク発生！」

着陸間際で不幸中の幸いだ。キャノピーにひびは入ったものの、無事に着陸はできた。

――鳥のほうは、無事ではすまなかっただろうな。

F-2のキャノピーにひびが入るほどの激しさでぶつかったのだ。生身の鳥がどうなったか、考えたくない。

――しかし、鳥とぶつかっただけで、こんなにひどい損傷を被るだろうか？

あらためて見ても、驚くほどのひびだ。

航空機が鳥と衝突した件数は、二〇一四年に千九百六十七件を記録した後、さまざまな対策のおかげで減ってきたものの、二〇一九年には千五百七十七件、発生している。

戦闘機のバードストライクもたまに起きていて、二〇一九年には在日米軍のF－35Bが被害に遭ったこともあるらしい。

二番機が降りられるよう滑走路から出てアラートハンガーに戻りながら、キャノピーをじっくりと確認した。

ひび割れのそばに、黒っぽい羽毛が数枚貼りついている。だが、鳥の残骸などは何もない。血もついていない。

なんだか、キツネにつままれたようだ。

翌日から、ペッパー――盛岡二尉は、休みや日中の空き時間に、双眼鏡を片手に基地の周辺を自転車で走り、鳥がいないか確認するようになった。

明るいうちに官舎に帰っても、ひとりですることがないし、誰かと飲み歩くわけにもいかない。どうせならと思い立った。

――調べてもらったところ、キャノピーに貼りついた羽毛はハトのものだった。

どこにでもいる、ドバトだ。

原種のカワラバトを伝書鳩（でんしょばと）やレース用鳩に飼育改良したものが逃げ、野生化した。だからもう、本当にどこにでもいる。

（鳥がぶつかった戦闘機のキャノピーの写真を見たことありますけど、血まみれでしたよ。こんなにきれいなはずはないけどな。それにこのひびは、硬いものがぶつかったような割れ方ですよ）

整備士が首をかしげていた。割れたキャノピーは交換が必要で、ペッパーはことの顛末を書いた報告を上げた。

滑走路も調べたが、ハトの死骸などはなかった。どうやら、ぶつかってきたハトはそのまま飛び去ったらしいのだ。

——そんなこと、ありうるか？

どう考えても変だ。

バードストライクに悩まされる各地の空港では、対策の一環として見回りも行っているが、やはりよく落鳥、つまり航空機に当たった鳥の死骸を見つけているようだ。

バードストライクを防ぐため、基地でも対策を立てている。鳥が巣をつくらないよう草刈りをし、営巣の跡がないかパトロールもする。鳥が群れていれば車で近づき、空砲を撃って追い払う。基地によっては、バードストライク防止装置という、空砲音を定期的に響かせる装置を滑走路周辺に設置しているところもあるようだ。

「猫を放し飼いにすればいいんじゃないかな。本能で動くものを追いかけまわすから、鳥なんか住みつかなくなるでしょ」

ボンタこと田内三等空尉が自転車を漕ぎながら、面白そうに言い放つ。猫なんか基地内で飼った日には、そのうち滑走路上でのんきに昼寝したり毛づくろいしたりして、みんなを青ざめさせそうだ。

「おまえまで来なくていいんだぞ」

「いやー、ペッパーは毎日何をしてるんだろうと興味がわきまして。それに、もしまたバードストライクが起きたら、次は大事故かもしれないし、俺が悪いくじを引くかもしれない」

ペッパーが「奇妙なバードストライク」の被害に遭い、その後、自分で鳥の住処（すみか）を探し回っていることは、隊内でも知られている。

先日の事故はキャノピーの交換ですんだが、ボンタの言う通り、再発すれば大きな事故になる可能性はある。基地内のパトロールもしっかり行ってくれるだろうが、何かが気になるのだ。

「基地でハトなんか見たことないよな。どうしてあの日だけ滑走路にいたのかな」

海が近いので、カモメは基地の周囲を飛んでいる。

あれから基地の周辺を走り回って観察しても、ハトがいる様子はない。

おまけにちょうど今は、在日米軍の再編に伴う訓練移転（ATR）での緊急時使用のための滑走路や付帯する設備を増設する工事の最中で、鳥はよりつきにくいはずなのだが。大きなブルドーザーが毎日行ったり来たりしている。

「でも、ハトはどこにでもいるし。寺の境内なんかにわんさかいる、いちばんポピュラーなやつでしょ、ドバトって」

「群れからはぐれたハトだったのかな」

「戦闘機のキャノピーに鳥がぶつかった写真を見たことあるけど、けっこうなスプラッタでしたけどね」

ボンタは整備士と同じことを言った。

航空機の側は、衝撃や音で鳥との衝突を感じても、機体には損傷を受けないケースも多いようだ。だが、今回のように、鳥がそのまま飛び去って、航空機のキャノピーにひびが入ったなんて話は初めて聞いた。

「F－2とぶつかって勝てる鳥って、どんな鳥だ？　ロボットか？」

ペッパーは唸（うな）った。

「もしドローンみたいなものだったら、破片が落ちてるはずですがね」

「戦闘機とぶつかって生きてるって――ありえんよな」

機体にハトの羽毛はついていたが、あれは未確認飛行物体（UFO）だ。

「調べてみたら、衝突件数がいちばん多いのはツバメだけど、航空機の損傷件数が多いのはトビなんですよ。たしかに、ハトの衝突はそんなに多くはないです」

「あの時、俺は海側から進入して着陸態勢に入った。鳥は左前方から飛んできて、キャノピーにぶつかって右後方に去った。なら、あの鳥は、どこからどこに行こうとしていたんだろう？」

「――そうか。まっすぐ飛ぶと、海に出てしまうのか」

「海岸の近くに巣でもあるのかな」

鳥の目的などわからない。

「ちょうど今くらいの時間だったな」

時計の針は午前十一時半を指している。

「――おい。あれ」

自転車を停め、周囲の空を見渡すうち、ペッパーは黒い小さな「点」が、徐々にこちらに近づいてくるのに気づいた。

――鳥だ。

急いで双眼鏡を覗くと、鳥の種類まではわからないが、たしかに羽ばたきながらこちらにやってくるのが見える。ボンタとふたりで、じっと鳥の行方を目で追った。

「――まさか、同じ鳥か？」

見ていると、基地上空に飛び込んだ鳥は、そのまま築城基地を横切って飛んでいく。先日と同じだ。基地のどこかに降りるかと観察していたが、そのままペッパーらの頭上を越えて飛んでいく。

「追うぞ！」

ボンタとふたり、自転車に飛び乗ってペダルを漕いだ。

フェンスで囲われた左右の国有地から、野草が勢いよくはみ出す狭い道路だ。基地を右手に見ながら必死に漕いだが、鳥はどんどん北東の方角に遠ざかる。

「どっちに行った？」

「向こうのほうだとは思うけど、見失いましたね」

県道に出た時には、すっかり鳥の行方がわからなくなっていた。

「ひょっとして、稲童（いなどう）の掩体壕（えんたいごう）あたりかな」

ボンタが思いついたように言った。

稲童には、戦争遺跡がいくつか残されている。築城航空隊の情報通信網を守るため、地下に設けられた通信司令部壕の跡や、空襲から軍用機を守るために作られた掩体壕だ。その周辺は史跡公園として整備されており、木々も多い。

「古墳もあったな」

この一帯は、ほとんどがのどかな田園地帯だ。海岸の近くには工場もいくつか並んでいるが、自然が豊かで、どこに鳥が巣をつくっていてもおかしくない。

自転車で走り回ると、カラスなどの鳥はたくさん見かけるし、ハトもいた。基地を横切る理由はわからないが、餌場か何かが基地の向こう側にあるのだろう。帰巣本能が強く、あんな小さな身体で五百キロから千キロも移動することがあるそうだ。

「これじゃ、どうしようもないな」

結局、空砲音で追い払うくらいしか、手はないのだろうか。

基地のそばを流れる音無川(おとなしがわ)の堤で、子どもたちが五人で、楽しげにはしゃいでいる。こんな時期ではあるが、ちょっと心を慰められる光景だ。

『ハトって草食なんだって。木の実や穀類も食べるらしいよ。人間のこぼしたパンくずとか。だから、お寺の境内や公園に集まってくるのかもね』

寝る前のビデオチャットで、奈々がワイングラス片手に言った。

メイクを落として風呂上がりの奈々は、寝酒のワインで頬をピンクに染めている。

仕事上の詳しい話はできないが、ハトとニアミスしたことは話しておいた。今日も、ボンタと追いかけたが、見失った話を聞かせたところだ。

「てことは、そうとう広い範囲で食べ物を探すんだろうな。そんなにあちこち、パンくずこぼれてないもんな」

奈々が笑っている。彼女の趣味は推理小説を読むことで、そのせいもあるのかどうか、雑学も大好物だ。

『戦闘機のエンジン音って大きいよね。空砲音より、エンジン音のほうがうるさくない？』

「いや、戦闘機が飛ぶ前に、鳥を追い払わないと危ないからさ」

『ただでさえ危険な任務なのに、鳥にまで危ない目に遭わされるって理不尽だね』

それを言うなら、新型コロナウイルス禍だって理不尽だ。髪の太さの千分の一くらいのサイズしかないというのに、世界中を振り回している。

「そっちの仕事はうまく行ってる？」

尋ねると、奈々は『いやあ』と表情を曇らせた。

『コロナのせいで、服が売れないからさ。在宅勤務ばかりで外に出ないと、オシャレする意欲がわかないよね。友達と会う機会も減ったし、パーティもないし、イベントがないと女子はなかなか新しい服を買わないのかも。化粧品会社にいる友達も、売れないってぼやいてた』

新型コロナ禍で打撃を受けた業界は、飲食、旅行、娯楽など多岐にわたる。奈々が勤めるアパレル業界もその例にもれず、大手アパレルショップの閉店が相次ぐなど、景気の悪いニュースが続いている。

『いつまでこんなのが続くのかなあ。もう、嫌になっちゃう』

奈々がぼやいている。アパレルの企画の仕事が好きで、ペッパーがあちこち異動になっても大阪に残った彼女だから、頑張っても結果が出せない環境が、悔しくてしかたがないのだろう。

「ワクチンが行き渡れば、少しは状況がマシになるんじゃないか？　それまで我慢するしかないよなあ」

自分に言い聞かせるつもりで言った。

『そう言えば、お義父さんたちはどうしてる？　連絡してる？』

「いや――」

去年の夏、実家の父、幸太郎が倒れた時には、病院に駆けつけられないことに呆然としたし、九死に一生を得たから良かったものの、もし亡くなっていたら、そのまま葬儀にも出られなかったかもしれない。

幸太郎が一命をとりとめた後、二か月くらいは、母の孝子から毎日のように電話があった。不安に押しつぶされそうになっていたのだろう。こちらからも、様子を尋ねる電話をたびたびかけた。七十過ぎの両親を、放ったらかしにしすぎた反省もあった。

最近の七十代なんて、まだ若い。まだまだ元気だからと、正直、甘く見ていたのだ。

それに幸太郎は、時々よけいなことを言って、ペッパーを苛立たせる。

警察官らしい正義感からだろうか。子どものころはなにかと過保護で、ペッパーがわんぱくな男の子らしい悪戯でもしようものなら、頭のてっぺんから火を噴くような激しさで叱られた。

いちばんムッとしたのは、自衛隊に入った時だ。

（おまえがヒーローになんかなれるもんか）

と、息子が選んだ仕事を、妙な言い方で否定してきた。F-2パイロットになっても、「事故を起こして他人に迷惑をかけるな」などと言う。心配が高じて妙な言い方になるのかもしれないが、こちらは心穏やかではない。

まともに相手をするとこちらが消耗するので、適当に耳をふさいでしまうのが癖になっていた。仕事もあるので、だんだん実家からも足が遠のいてしまった。

その幸太郎が、去年は危うくあっさりあの世に旅立つところだった。

その時には、もっと会いに行けば良かった、連絡を取るべきだったと、あれだけ激しく後悔したのに、喉元すぎれば熱さを忘れるとはまさにこのことだ。

「明日（あした）、電話するよ」

『明日？　今日すればいいのに』

「この時間じゃ、もう寝てるよ」

夜は十時を過ぎれば寝ているはずだ。

『わかった。それじゃ、明日は電話してね』

「うん」

そう約束して通話を終えた後で、翌日は朝から二十四時間のアラート勤務だと思い出した。明日も、のんびり実家に電話する余裕などないではないか。

時間がないというのは言い訳だ。今日だって、ハトを追いかけまわすかわりに、実家に電話できたのだ。

――懲りてないな。

小さい吐息を漏らす。

いつまでも親は元気だと、心のどこかで思っている。

子どもっぽい願望だ。

人間なんて儚(はかな)い存在だ。新型コロナウイルスのパンデミックが起きて、それは身に染みたはずだった。高齢者や基礎疾患のある人が重症化しやすいというが、それまで元気でピンピンしていた人が、ある日突然、ウイルスに感染して倒れ、帰らぬ人となるのだ。

感染拡大を防ぐため、病院に見舞うこともできず、万が一そのまま亡くなった場合でも、一時は遺体に別れを告げることもできなかったそうだ。病院から焼き場に運ばれ、遺骨になって帰ってくる。

ペッパーはもともと、いつ自分の身に何か起きても奈々が困らないように、銀行口座の暗証番号や、いろんなもののパスワードなど、手控えにして置いてあった。マーフィーの法則ではないが、これだけ準備しておけば、自分の身に悪いことは起きないような気もした。

新型コロナ感染症の問題が起きた後は、奈々も同じことを始めた。

(もしもの時は、寝室のサイドテーブルの引き出しを見てね。いろいろ、後で困らないようにしておいたから)

去年の夏、そう言われて驚いた。

ある日突然、自分がいなくなった世界のことを、アパレル業界で働く二十代の奈々ですら考えざるをえなかったのだ。

――明後日(あさって)、仕事が明けたら電話しよう。

ベッドに入り、そう誓った。

翌日は、ベインの機が鳥とニアミスした。

しかも、夜間の緊急発進時に、危なく正面衝突するところだったらしい。

ただでさえ視界のきかない夜間だ。滑走路から飛び立った直後に、目の前を白っぽい物体が横切ったのだから、仰天しただろう。避けたそうだが、キャノピーには鳥の羽根の脂らしいものが、うっすら痕を残していた。

「あの鳥、俺を殺す気だった！」

アンノウンは領空に立ち入らず、すんなり帰ったそうだが、基地に帰投するなりベインがぷりぷり怒っていた。

「おかしいな。これまでこんなことなかったのに、二回も続いて」

しかも、二度とも緊急発進だ。訓練飛行の際には、こんなことは起きていない。

ペッパーは、基地を横切った鳥を、ボンタとふたりで追いかけたことを話した。

「掩体壕のあたりに巣をかけたハトがいるのかもな。それで急に、こんなことが起きるようになったか」

「公園の管理者に頼んで、鳥の巣を移動させられないかな」

鳥が悪いわけではないが、このままではこちらも危険だし、鳥の命にもかかわる問題だ。空砲音にも慣れてしまったのなら、鳥の飛行コースを変えてもらうしかない。

ただ、掩体壕に巣があると決まったわけでもない。もう一度、調べてみる必要がありそうだ。対策が取れるまで、しばらく離着陸に今まで以上の慎重さが要求されそうだった。

大分の実家から電話があったのは、翌朝だ。

アラート勤務を終え、自転車で帰ろうとした時に、かかってきた。

「親父(おやじ)、また入院したの？」

昨夜遅く、父の幸太郎が激しい頭痛を訴え、意識を失って救急車で病院に運ばれたと、母の孝子が知らせてきたのだ。今回も、前回と同じ自衛隊の別府(べっぷ)病院だった。

『検査をしたら、また脳の血管が詰まってるって。そのまま入院が決まって』

心臓がおかしな具合に跳ねた。

今度こそ、幸太郎は向こう側に行ってしまうのだろうか。

『まだ、すぐ入院できただけマシだけど。どうしたものかね。家族も病室に入れないんだよね』

孝子が諦めたように言う。

新型コロナウイルスの感染拡大を防ぐため、孝子も病棟への立ち入りを禁じられている。着替えや身の回りの品など、必要なものは看護師さんを通じて病室に届けたと言った。

『意識が戻ったら、家族が誰もそばにいないとショックを受けるんじゃないかと思うのよ。ほら、お父さん意外と寂しがり屋じゃない。ひとりで何でもできるみたいに、かっこつけてるけど。そういう人が入院すると、急に認知症になったりするのよねえ』

ため息をつく孝子は、長いつきあいで幸太郎の気性を熟知している。

「まだ意識も戻ってないの？」

『さっき電話した時はね』

「ひょっとして、けっこう危ないの？」

『今すぐどうこういうことはないって、担当の川崎(かわさき)先生は言うんだけど。でも二回めでしょう。

血管が詰まった場所によっては、麻痺が残るかもしれないそうだから』

「俺、そっちに行ったほうがいいかな。範子はどうしてる？」

妹の範子は、結婚して東京に住んでいる。夫の卓哉は医療機関に勤めているからなおさら、大分まで来ることはできないだろう。

『わざわざ来なくてもいいよ。どうせ病院に入れないんだから。今のうちに知らせるだけ、知らせておこうと思って。急に言われたら驚くでしょ。範子にはこれから電話するから』

何か変化があれば電話すると言って、孝子は通話を終えた。急に言われたら驚くという言葉で、彼女が幸太郎の急死も視野に入れていることに、薄々気づく。しっかり者で、冷静な母親だが、こんな時に冷静すぎるのも感情が麻痺しているのではないかと不安になる。

――こんな時期でなかったら。

そうしたら、何をおいても病院に駆けつけただろうに。病院に入れなくても、せめて母親の力になれたら。

コロナ禍が事態を複雑にしている。

八月の初めには一日あたりの新規感染者数が一万人を超えて、うなぎ上りになった。昨年の四月ごろと比べても、比較にならないほどの感染拡大で、みんな息を呑むように様子を見守っている。

ペッパーは、単身赴任者用の官舎まで自転車を漕いだ。市ケ谷に異動した先輩から譲られたママチャリだ。

父の幸太郎は、元警察官だった。若い頃は地域課で交番勤務をしていたそうだが、途中からは運転免許関係の業務に就いていた。六十歳の定年まで働き、その後は知人の会社の事務を何年か手伝い、今はリタイアして年金生活者だ。

いわゆる職人肌で、「昭和の男」なのは間違いない。現役時代、同僚たちとはよく飲みに行っていた。自衛隊もそうだが、警察官も同期の結束が強いのか、各地の警察署に散った同期とも、時々会っていたようだ。

子どもの頃は、ガミガミ叱られても平気だった。うちの親父は警察官だし、友達の父親と比べると年寄りで気が短いなと思っていた。

よその父親は、休日になるとショッピングセンターやファミレスに連れていってくれたり、一緒にゲームをしたりすると聞いて、うらやましかった記憶がある。そもそも幸太郎は仕事人間で、たまの休みは自宅でゴロゴロして身体を休めていた。それも、年寄りだからしかたがないと諦めていた。

官舎に戻り、風呂を沸かす用意をしていると、電話がかかってきた。

『あ、お兄ちゃん？　さっき、お母ちゃんから電話があってね』

妹の範子だった。

「俺も聞いたよ」

『今回は帰ったほうがいいかなと思ったんだけど、東京もまた感染拡大していて、動かないほうが良さそうなの』

「俺も帰ろうかと思ったけど、病室にも入れないらしいしな」

『そうだよね。長いこと帰ってないから、様子を見に行きたかったけど』

妹は幼い頃から、父親に可愛がられていた。女の子と男の子の違いかもしれない。それでも実家を離れたかったらしく、東京の女子大に進んだ。そのまま東京でレストランチェーンに就職し、合コンで検査技師と出会い、結婚した。

義理の弟は、父親とは正反対の、線が細くてタレ目で優しそうな男だ。

『お母ちゃんは平気そうだけど、なんか強がりみたいで心配だよね。お兄ちゃんは、仕事が忙しいの？　機会があったら、お母ちゃんの様子を見に行ってあげてほしいんだけど』

東京よりは福岡のほうが近いんだし、と言葉にせずに範子が圧をかける。

「そうだな。帰ろうかとは俺も聞いたんだけど、母さんに、わざわざ戻ってこなくていいって言われて」

『そりゃ、お母ちゃんに聞いたら、そう言うでしょ。お兄ちゃんに迷惑かけるなよって、お父ちゃんが前からよく言ってたし』

「――えっ、何だよそれ」

『お兄ちゃんは大事な仕事をしてるんだから、家のことでよけいな心配をかけたり、迷惑かけたりするんじゃないって。あたしも叱られたことあるよ』

「嘘だろう」

『なんで嘘なんかつくのよ。ほら、悟が生まれた時に、お兄ちゃんに見せたいけど、なかなかこっちから行けなかったじゃない。お兄ちゃんが東京に来ないかなって、ぽろっと言ったら叱られたの。お兄ちゃんは大切な仕事をしてるんだぞって。自分の勝手で、よけいなことを言うなよって』

そんな話は初めて聞いた。

「だって、父さんは俺に自衛官なんて務まるわけがないって、いつもクサしてたよ」

『そんなの口だけでしょ。お父ちゃんの口が悪いの、今に始まったことじゃないし』

キツネにつままれたような話だ。

「よけいなことって、言い方がひどいよな。自分の勝手とかさ。赤ちゃんが生まれたから見せたいって話なのに、べつに勝手じゃないじゃん」

『そういう変な言い方するんだよね、お父ちゃんは。何なのかなあれ。照れ隠し？』

達観したような範子のほうが、幸太郎をよく理解しているのだろうか。

『とにかく、機会があったらお母ちゃんと話してみて。できれば家に行ってあげて』

「うん、様子を見て、大丈夫そうならな」

もし、ペッパーがウイルスに感染していたら、高齢の母親に感染させてしまう恐れもある。七月に二回目のワクチン接種が終わったとは聞いているが、うかつな真似（まね）はできない。

そんな会話をして、通話を終えた。


数日後、デブリーフィングの前に、整備班長の谷内（たにうち）が、ペッパーとベインに話があると言ってきた。

「先日の、バードストライクの件ですが」

谷内は目のぎょろりと大きな三十代の男性で、写真を何枚かたずさえて現れた。

「キャノピーの割れ方から見て、鳥なんかじゃなく、よほど硬いものが当たったんじゃないかと言ったでしょう」

「うん。そう言われたけど、何かわかりましたか」

「不思議に思ったので、コンピューターシミュレーションしてみたら、やっぱりウズラの卵サイズの硬いものが当たったようなんですよ。それで、滑走路の周囲を念入りに見てみたら」

谷内が見せた写真には、小さく砕けたガラスのようなものが写っている。

「これ、滑走路の脇と、基地の北側で拾ったガラス片です。こういうのが、あちこちに飛び散ってました」

「――これがキャノピーにぶつかったんじゃないかということですか？」

「その可能性はあると思って。鳥、見たんですか？」

ペッパーは、先日の着陸時に起きたことを、もう一度思い返した。たしかに、何かが左手前方から飛んできて、右後方に飛び去った。それは、ウズラの卵みたいな小さなものではなかったし、ガラス玉が飛んできたようにも見えなかった。

「はっきり鳥の形を見たわけじゃないですが、ある程度、大きさがありましたよ。それに、キャノピーに鳥の羽毛がついてましたよね」

「私も夜だったから、はっきり鳥を見たわけじゃないですが、大きなものが機体すれすれに飛んでいくのを見ました」

ベインが横から口を挟む。

うーんと谷内が首をかしげた。

「カメラをつけてみましょうか。常時撮影できるように」

「ドライブレコーダーみたいなものですね。それはいいな」

アンノウンの機体を撮影するためのカメラはあるが、前方を常時撮影するものではない。

「全機につけるのは無理ですけどね。アラート待機の機体だけでも」

今のところ、アラート勤務にあたる機体だけがバードストライクに遭遇している。

「何が起きたのか調べないと、再発すれば大事故につながりかねないし」

「助かります」

バードストライクだと思っていたら、ガラス玉とぶつかっていたらしい。本当かと首をかしげたくなるが、谷内が言うんだから本当なんだろう。

ただ、ペッパーが見たのは間違いなく鳥だ。

「鳥がガラス玉をくわえて飛んでたのかな？　ぶつかりそうになって、びっくりして落としたとか」

「カラスは光りものが大好きらしいけど、ハトもそうなのかな」

警戒待機所でも、そんな話で盛り上がる。

鳥の習性には詳しくなかったので、ペッパーはネットでハトの習性について書かれているサイトを探して読んだ。

その中で気になったのは、「ハトは同じ動線で生活する」という説明だ。翼を休める場所、エサを探す場所、寝床にする場所、ハトが止まる場所や、そこにいたる動線は決まっているらしい。だから、特定の場所にフンが溜まり、人目につくことになる。

ということは、このまま放っておけば、同じハトがまたいつか、滑走路上に現れてバードストライクが起きる可能性は十二分にあるということだ。

——やっぱり、鳥の巣を探したほうがいいかもしれない。

「鳥の巣、探すならつきあいますよ」

ボンタも非番の日は暇とかで、ふたりで自転車を用意し、基地の北側、先日ハトを見失ったあたりで待機することにした。

「お父さんの具合はどうですか」

基地のフェンスに自転車をもたせかけ、そのそばで水筒の水を飲みながら、ボンタが尋ねる。もしまた倒れたことは、急に不測の事態が起きる可能性もあるので、上官や仲間に伝えてある。もし、葬式を出すようなことになれば、東京にいる妹はともかく、ペッパーは大分まで駆けつけなければいけないだろう。

もっとも、今は葬式もできるだけ簡略化して、家族だけで行うことが増えたようだ。コロナ禍はあらゆる面に影響を及ぼしている。

「病室に入れないから、よくわからないんだよな。うちの母親は、一日に一回、看護師さんから容体(ようだい)を聞いているみたいだけど」

あれから父親の意識は戻ったらしい。医師は危ない時期は脱したが身体に麻痺が残るというのだが、一回目の脳梗塞でも軽い麻痺が後遺症として残ったので、今の状況がどの程度なのか、自分の目で確かめてみないことには、なんともいえない。

「心配ですよね。会えないからよけいに」

「どうかな。うちの親父は、人に心配されるのが嫌いなタイプだから」

「うちの親父もですよ」

ボンタが笑った。

「強がりなんですよね」

そういえば、妹の範子が、母親が強がっているようだとも言っていた。似た者夫婦じゃないか。思い出すと妙におかしくて、ちょっと笑ってしまう。

「ペッパー、あれ」

ボンタが空を見て目を細めた。

——来た。

また、鳥だ。

双眼鏡を覗くと、ハトらしいシルエットが見えた。

——おや。

ハトの下に、妙なものが見える。丸いものが、ハトの足からぶら下がっているのだ。

滑走路に離陸間際の航空機はない。それだけ素早く確かめ、自転車を起こしてまたがった。

ボンタも急いで水筒をサドルバッグにしまっている。

「今日は見逃さないからな」

前回、見失った地点からの開始なので、今度こそ巣に迫るつもりだ。

時々、空を見上げて鳥の位置を確認しながら、県道二十五号線を北へ走る。事故を起こしては元も子もないので、なるべく慎重に急ぐ。先日、川のそばで遊んでいた子どもたちの姿は、今日は見えない。

「やっぱり掩体壕の方向じゃないですか」

鳥がペッパーらを追い越し、どんどん先へ飛んでいく。あらかじめ地図を確認し、鳥が巣をかけそうな場所を探しておいたのが幸いした。神社や公園のこんもりした緑が、一帯にいくつか存在する。

すっと鳥が高度を下げ、舞い降りた。

「降りたぞ！　あっちだ！」

勢い込んでペダルを踏んだ。ボンタも言った通り、稲童一号掩体壕のあたりだ。県道から右に折れ、きれいに舗装された海側に向かう道路を走るとすぐ、道路の脇にかまぼこ型のコンクリート製構造物が見えてくる。航空機の形にくり抜かれた、掩体壕だ。

往時の面影のまま、掩体壕の周囲にはこんもりとした木々を残し、道路から壕までを整地して、壕の中には入れないものの、見学しやすい公園になっている。

「このあたりに降りたよな？」

公園の入り口に、自転車が一台停まっている。その横に、自分たちも自転車を停めた。

「この林、けっこう広さありますよ」

歩み寄り、鳥を捜しながらボンタがぼやく。そろそろと丘を登ろうとした時、誰かが掩体壕の横から丘を下りてきた。

クリーム色の作業着を着た、中年の男性だった。小さな手鎌を持っているので、草刈りに来たのかもしれない。大きなマスクは現代社会の必須アイテムだ。

「すみません」

ペッパーは男性に声をかけた。

「いま、ハトがこのへんに飛んできませんでしたか」

男性は日焼けした顔に、かすかな驚きを浮かべて空を見上げた。

「ハト？」

「はい、こっちに飛んでくるのを追ってきたんですが」

「さあ、気がつきませんでしたけど。下向いて草を刈ってたから」

公園の管理者なのだろうか。「それじゃ」と会釈して停めてあった自転車に乗り、そのまま後ろも見ずに走り去る男を見送った。

「捜してみようか」

ペッパーはボンタと手分けして、掩体壕周辺の丘と林を歩き回り、ハトがいないか、また鳥が巣をかけていないか、観察した。

こんもりと葉が茂る木々の中で、時おりガサゴソと音がする。下から無理に覗くと、慌てて飛び立つ小鳥もいた。だが、ハトのような大きさの鳥はいない。

「鳥の巣もないみたいですねえ」

掩体壕の裏側に回って捜していたボンタが戻り、残念そうに告げた。

「うん。――それよりボンタ、気がついたか」

「何ですか？」

「足元だよ。さっきの人、鎌を持ってたけど、草を刈ったような跡がない」

草を刈れば、当然刈り取った草が残るはずだ。先ほどの男性は、草を持ち帰るような袋も持っていなかった。それに、刈り取ったばかりの草からは、青くさい臭いがするものだ。それも感じない。

「――なあ。ハトってさ、マジックでよく使うじゃないか。服の袖みたいな場所にも隠せるくらい、小さくなるから」

「ペッパーまさか、さっきのおじさんが服の中にハトを隠してたって言ってる？」

「だって、なんか変だろ？　草を刈った跡がないのに草刈り鎌を持っていて、こんな場所から出てきたんだから。あのかっこうなら怪しまれないと思ったんじゃないか？」

男性の服装を思い返してみる。クリーム色の作業着の上下だ。上着は前開きのジャンパー式で、サイズは少しゆったりしていて、鳥を入れてファスナーを閉めることはできそうだ。

――鳥がおとなしくしていてくれるなら。

しかし、もしあの男性が本当に鳥を隠して逃げ出したのなら、何のためにそんな真似をしたのだろう。

「このところ急に、バードストライクやその未遂が起きるようになったんだよな。これまでそんなことはなかったのに」

誰かが、鳥を使って基地に嫌がらせでもしているのだろうか。もし故意なら、嫌がらせの域を超えている。テロ行為と言ってもいいくらいだ。

「そう言えばさっきの鳥、何かぶら下げているように見えたんだ。丸いものを」

足に紐(ひも)か何かで、またガラス玉でもくくりつけていたのだろうか。

ペッパーの機体のキャノピーに、バードストライクでひびが入った時、後で滑走路の周辺を確認すると、ガラスの破片がたくさん落ちていたと整備の谷内が言っていた。

もし、ガラスの文鎮みたいなものを鳥にぶら下げて、それが基地の航空機を攻撃する武器として使われていたのなら。

「それってひどすぎますね。でも、警察に通報するには根拠が弱いですかね」

「とにかく、上に報告しておこう。再発の恐れが高いぞ、これは」

警察が捜査してくれるかどうかわからないが、打てる手は全部打っておきたい。


一日だけ、大分の実家に帰ることになった。

『あんた、ビデオチャットってわかる？』

母親が珍しく電話をしてきて尋ねたのだ。

「わかるけど、どうした？」

『病院が、病室に入ってお父さんと面会する代わりに、毎日一回、ビデオチャットできるようにしてくれるっていうんだけど。使ったこともないから、どうすればいいのかわからなくて』

「スマホはあったよな」

何年か前に、ガラケーからスマホに機種変更を勧められたはずだ。

「それじゃ、休みの日に一日だけそっちに行って、設定するから」

次の休みに、上官や班長に報告して、自分の車で大分に戻ってきた。ペッパーは鉄道の移動が気楽で好きだが、今はマイカー移動のほうが安心できる。

戻る前日には、その日のうちに結果が出るＰＣＲ検査も受けて、陰性を確認した。熱や咳（せき）などの症状はないが、万が一ということもある。高齢の母親にウイルスを持ち帰った、なんてことになれば洒落にならない。

自分でも、ふだん以上に慎重に行動していると思う。これは臆病とかそういうのではない。磊落にふるまうだけが勇気じゃない。自分を抑えられることだって勇気なのだ。

久しぶりに会う母親は、ひとまわり縮んだように見えた。少し前かがみで、背が低くなったようだ。髪もすっかり白くなって、急に老けこんだようで驚いた。コロナ禍で外出の機会が減ったので、化粧など若々しく装うことをやめてしまったようだ。

「腰が痛くて。買い物を週に一回まとめてするようになったから、荷物が重くて」

父親は車の免許を持っているが、母親は持っていない。父親が倒れたことで、こんなところまで影響が出ているのだ。それにもちろん、コロナ禍のなか、買い物の回数を減らしたかったのだろう。

購入したものを自宅まで届けてくれるスーパーのサービスを調べるところから、ペッパーの帰省は始まった。

――コロナの馬鹿野郎。

憤懣やるかたなく、かといって誰かに怒りをぶつけるわけにもいかない。感染症が猛威をふるうと、こんなに理不尽なことが起きる。割を食うのは、弱みを抱えた人たちだ。高齢者、貧困層、社会的弱者。

母親のスマホにビデオチャットのアプリをインストールし、病院が送ってくれたという指示書に従い、いつでも接続できるように設定する。

「今から、ビデオチャットできるって」

病院に電話した母親が、あいまいな期待を浮かべた表情でこちらを見た。

「ビデオチャットにつなぐの、難しくないから」

やり方を教え、メモに残しておく。ペッパーが福岡に帰ってしまえば、あとは母親がひとりで接続しなければならないのだ。意外に呑み込みが早いので助かった。

『盛岡さんの奥さーん。こちらの声、聞こえますか』

白衣にマスクの看護師さんが、画面を見て手を振っている。口元は見えないが、目が笑っていて、母親が笑顔になった。

「はい、聞こえますよ」

『これから盛岡さんにカメラを向けますね』

しばらくごそごそとシーツが映ったりした後、ようやく寝間着姿の父親の顔が画面の真ん中に映し出された。リクライニング式のベッドで、上半身を起こしている。思ったより顔色がよく、目つきもしっかりしているが、梗塞の後遺症か、顔の左側がややこわばり、特に口の左端が垂れたようになって動かなかった。

「なんやお父さん、元気そうやないの。心配して損したわ」

軽口を言いながら、母親がそっと指先でまなじりを拭った。

父親は口の右端でにやりとした。何か言いたそうに口をもぐもぐと動かしたが、喋りにくいのか、画面に映っていない誰かをちらりと見上げたようだ。

『久しぶりやな、と言われています』

男性の声が、父親の代わりに言った。白衣が映った。どうやら医師のようだ。

「ほんま久しぶりやわ」

とぼけたやりとりに、母親が思わず噴き出している。

「保もこっちに来てるよ、ほら」

母親がスマホを動かして角度を変えたので、ペッパーの顔が半分映った。しかたなく、ペッパーも笑顔で手を振った。

父親はまじめな顔になり、何かまた小声で喋った。医師も聞き取りにくかったのか、しばらく画面の向こう側でやりとりが続いた。

『少し聞き取りにくかったんですが、息子さんを見て「ヒーロー」がなんとかと言われたようです』

医師は、父親の言葉を聞き取りながら、かすかに首をかしげたようにも見えた。何か、そのまま伝えるのに抵抗を覚えるような言葉だったのではないかと感じた。

『きっと息子さんは、お父さんのヒーローなんですね』

医師は、父親の気持ちを鼓舞するようにそんな言葉を継いだけれども、父はそんなつもりで言ったわけではなかったのか、首をかすかに横に振り、否定したようにも見えた。

苦い思い出がよみがえる。

(おまえがヒーローになんかなれるもんか)

自衛隊に入隊すると告げた時だったと思う。父親が、むっつりと背中を向けて、そう言った。少なくとも、ペッパーにはそう聞こえた。

なにも今、こんな時にそんな話を蒸し返さなくてもいいじゃないか。別にヒーローになりたくて自衛官になったわけじゃないが、頭から自分のやることなすこと否定されるようで、本当に気分が悪い。

父親がどう思おうと、自分は正しいと思う道を進むだけだ。父親だけが世界の「権威」だった時代は、とっくに終わった。今の自分には、もっと広い世界が見えている。多くの仲間がいて、お互いに認め合っている。

だから、この期に及んでの父親の言葉にむっとしたけれども、それ以上何か言うつもりはなかった。

大人になったということだろうか。

画面が父親から医師に変わった。

『初めまして。内科の川崎です』

それでは、この三十そこそこくらいに見える小柄な男性医師が、父親の担当になった川崎医師なのか。自衛隊病院に勤務しているのだから、この人も自衛隊の医官なのだろう。

白衣を着ていると、階級がわからない。

『まだ少し呂律（ろれつ）がまわらなくて喋りにくそうですが、昨日からリハビリも始めました。これから毎日、こんな形で会話できるようにしますから』

母親に、容体の説明をしている。

横から、父親が何やらもごもご言った。

「何を言っとりますでしょうか」

『ええ、それが』

川崎医師が苦笑した。

『私が、つい最近まで南極に行っていたことを言われているんです。この医者は南極帰りだぞと』

「南極観測隊にいらっしゃったんですか」

驚いた。川崎は、砕氷艦に自衛隊の医官として乗り込んでいたと説明した。

『南極から帰ったら、民間に転職するつもりだったんですけどねえ。船を下りると別府病院に来て、そのままずるずると。あ、失礼。仕事はちゃんとしていますからご心配なく』

「まあ、先生ったら」

短いビデオチャットだったが、画面ごしに父親の顔を見て、声を聞いただけでも、少し母親は安心したらしい。ホッとした様子で、医師の軽口に噴き出した。

「そしたら、これから毎日、スマホを使って今みたいに話ができるんやね」

ビデオチャットを終え、母親がありがたそうにスマホを抱いた。

「私らこんなん持ってても使うことないと思ってたけど。やっと役に立ったわ」

「写真撮ったらいいやん。スマホのカメラ、きれいに撮れるよ」

「ひとりじゃどこも行かんのに、写真撮る機会もないわ」

在職中は、休みになると自宅でゴロゴロする父親だったが、退職してからは山歩きが趣味になり、母親と一緒にハイキングに出かけていると聞いたことがある。

「そんなにあちこち行ってたの。父さんと」

「ほら、そこにアルバムがあるよ。お父さん、どこか行くたびに写真撮ってたから」

晩御飯くらい食べて行くでしょうと、母親が支度を始める。あまり遅くならないうちに帰るつもりだったが、ひとりで退屈しているのだろうと思うと、無下に断ることもできなかった。

手持ち無沙汰なので、リビングのサイドボードに何冊も並んだアルバムを出し、テーブルに一冊ずつ広げた。

「これは湯布院かな」

「湯布院も別府もよく行ったよ。お父さん、ドライブも好きだったから」

毎月どこかに出かけていたらしいのに、コロナ禍で不要不急の外出を避けるようアナウンスがあったあたりで、写真の日付は止まっている。

「散歩は行ったほうがいいんだよ。歩いたり日光に当たったりしないと、身体に毒だよ」

「お父さんがいたら、車で近くの公園に連れてってもらうんだけど。今はねえ」

そんな会話を交わしながらアルバムを過去にさかのぼる。

表紙の布カバーが少し色褪せた、古いアルバムを開くと、最初のページに制服姿の父親の写真が貼られていた。

「それは在職中のアルバムよ。あんたも見たことあるでしょう」

台所から、大皿に唐揚げを山盛りにした母親が現れ、食卓に置いた。ペッパーの好物を並べるつもりらしい。

見覚えは確かにあるが、詳しく記憶していない。

「同僚に写真好きな人がいて、その人が仲間のスナップを撮ってたみたい。お父さんもその人に影響されて、写真を撮り始めたの」

　在職中、父親はよく職場の後輩らを自宅に連れてきた。無愛想なわりに後輩には慕われていたようで、大勢の若い警察官が自宅を訪れ、母親の手料理を旺盛な食欲で食べ尽くしていた。仕事の話は抜きで、懇親を深めていたようだ。笑いの絶えない会で、父親もそういう場では笑顔を見せた。

　中学生のころまでは、彼らに誘われるとペッパーも一緒に食卓を囲んだ。

「――あれ。この人」

　自宅で撮影したものだろう。上座に父親が座り、三人の若い警察官がくだけた私服姿で食卓を囲んでいる。三人ともよく見かけた顔で、ふたりは退職後もやりとりがあるはずだ。

　ビールのグラスを持った父親は、今より十五歳ほど若い。

「この人、何ていう人だったかな。今もやりとりあるの？」

　一時期、毎週のように見かけたのに、ある時からぱたりと来なくなった。太い黒々とした眉に、細い鼻筋とがっしりした顎が印象的な青年だった。

　まだ二十歳を少し過ぎたくらいだったろうか。当時、中学生だったペッパーと、いちばん年齢が近かったので、こちらが勝手に友達のような気分でいて、よく覚えているのだ。

「どの人？」

　ポテトサラダを食卓に置いた母親が、アルバムを覗き込んだ。

「――ああ。待田（まちだ）さんだね」

「待田さん？　急に来なくなったよね」

戸惑うように母親がこちらを見た。

「あれ、あんた知らなかったの？　待田さんは、亡くなったんだよ」

「亡くなった？　まだ若かったのに」

日焼けして、目の表情が生き生きとして闊達な印象だった。死ぬような年齢ではなかったはずだ。

「そうだねえ。若かったよね」

母親は生返事をして、食事の支度を続けた。触れたくないのかもしれない。食卓には、鶏の唐揚げにポテトサラダ、刺身にきんぴらごぼうと、ペッパーの好物が並んでいる。

「あんた、カレーも食べる？」

「いやいや、もう大丈夫。そんなに食べられないよ」

母親の中では、自分はまだ食べ盛りだった高校生のころと変わらないのだろうか。

苦笑いしながら食卓につくと、母親の手料理の懐かしい味に、気分が和んだ。うちではいつも、前日の夜から鶏肉をタレで漬け込んでおく。濃い下味がたっぷりしみ込んだ肉を、片栗粉でカラッと揚げる。

「これ、久しぶりに食べても美味いわ」

高校生に戻った気分で唐揚げにかぶりつくと、母親が嬉しそうに自分もひとつ齧って、頷いた。

「――そう言えば待田さんも、うちの唐揚げが好きだったんだよ。美味しい、美味しいって、たくさん食べてくれたのにね」

「どうして亡くなったの」

母親が、かすかに眉宇(びう)を曇らせた。

「勤務中に、刺されたんだよ。パトロール中に、すぐ近くでひったくりがあってね。自転車で現場に向かう途中に、走ってくる犯人を見かけて職務質問しようとしたんだって。そしたら相手が急に刃物を出して」

「――強そうだったのに。待田さん」

「県警の柔道大会でベスト8に入るくらい、強かったらしいね。腕に自信があったから、刃物にもひるまなかったんじゃないかな」

ひったくりと刃傷沙汰(にんじょうざた)なら、刃傷沙汰のほうが、はるかに罪が重い。まさか、本気で刃物を使うとは思わなかったのかもしれない。

ペッパーはまだ中学生だったからか、待田の死を誰も教えてくれなかった。

――そうか。亡くなっていたのか。

ペッパー自身が思春期で、父親と同僚の親密な会話に加わるのを遠慮するようになった時期と重なったこともあり、待田が現れなくなったことしか気づいていなかった。

「もし元気だったら、いま待田さんも三十五か六くらいなのにね。働き盛りだったのに」

ため息をつくように母親が言った。

「そうか、とりあえずお父さんの顔を見られただけでも良かったな」

第6飛行隊長の丸川(まるかわ)二等空佐に、帰着の報告を行った。

丸川二佐は、「痩せたソクラテス」を想起させる、聡明そうな目をした小柄な男だ。

「バードストライクの件だが、ペッパーとボンタが掩体壕で見かけた男の話、警察にも通報しておいた」

「そうでしたか。ありがとうございます」

「ボンタが男の容貌や服装を証言してくれたが、ペッパーにも話を聞きたいそうだ。また時間を作ってくれ」

「わかりました」

「掩体壕のあたりは、警察がパトロールのルートに入れて、見回ってくれるそうだ。それで再発を防げればいいんだが」

これまでに、ハトが目撃されたのは四回だ。

ペッパーのF-2に衝突した時、ベインの機体とニアミスした時、そしてペッパーとボンタが見張っていた二回。四回とも、ハトの動線は同じだった。

もし、あれがハトを使った嫌がらせなら。

どうすればそんなことができるのか、ペッパーも考えてみた。

まず、犯人はふたり以上いる。A地点からハトを放し、B地点でハトを回収する。その両方に人間がいるはずだ。

A地点でハトを飛ばした後に、同じ人物がB地点に駆けつける——こともできなくはないだろうが、掩体壕で男を見た日は、ハトを追ってきたペッパーたちより前に、男がいた。あの男はハトの到着を回収のB地点で待っていたのだ。

Ｂ地点は掩体壕跡として、Ａ地点はおおよその方角しかわからない。警察の見回りでＢ地点の犯人が捕まれば、仲間も捕まるだろう。だが、それを期待してじっと待つのも、自分らしくない。

「えっ、今度は反対方向に走るんですか」

ボンタが目を丸くしている。

何日か、ペッパーらのアラート勤務はない。訓練飛行やデスクワークの合間に、Ａ地点を探してみようと思った。

「漫然と走ったところで、Ａ地点がわかるとは思わないけどさ。手がかりぐらいは、見つかるかもしれないだろ」

「そんなこと言っちゃって、ペッパー、退屈してるんでしょ」

ボンタに言われて、苦笑いした。たしかに、そうかもしれない。

「コロナで飲み歩けないし、奥さんにも会いに行けないし、退屈ですよね」

「まあな」

「つきあいますよ。こう見えて、つきあいはいいんです」

地図を広げ、掩体壕と基地を結んだ線を、そのまままっすぐ延ばしてみた。

「築城駅の上を通るコースかな。ハトってどのくらい飛べるんだろう」

「ネットで調べたら、日本のレース鳩が、七千キロ離れたカナダで見つかった記録があるそうですよ。ただ、レース鳩なら何百キロも飛べるそうですけど、ふつうのドバトはせいぜい数十キロだそうです」

「数十キロでも、かなり遠くまで飛べるよな」

「ただ、そんなに遠くから飛ばす意味はないですよね。嫌がらせだかなんだか知りませんけど」

「せいぜい数キロか。JRの線路の向こう側くらいかな」

休みの日に、今度は自転車をやめて、トレーニングを兼ねて、A地点の見当をつけるために走りだした。自分で言うようにつきあいのいいボンタもついてくる。

「どうせ暇なんですよ、俺も」

築城基地の周辺は、田んぼに溜め池と一軒家の民家がほとんどで、高層の建物が少ないから、鳥でなくとも遠くまで空が見渡せる。

「駅前から南に向かって走ってみようか」

JR築城駅前にある、二階建ての小さな交番を見て、ふと亡くなった待田のことを思い出した。

実家から戻ってから、ネットで待田の事件を検索すると、十五年前の事件にもかかわらず、驚くほどさまざまな情報が出てきた。職務中の警察官が刺されたという事件が珍しいだけでなく、状況が特殊だったのだ。

「どうしたんですか?」

ペッパーの表情が曇ったせいか、ボンタが並んで走りながら尋ねる。勘のいいやつだ。

「いや、交番を見てちょっと思い出したことがあってさ」

父親が警察官だったことや、勤務中に亡くなった部下がいたことなどを話すと、ボンタも驚いたようだ。

「ペッパーのお父さんが警察官だったなんて、初めて聞きましたよ！」

「うん。うちはあんまり親父と仲良くなかったんで、話さなかったかもな」

子どもっぽい愚痴になるのを嫌って、親の話はほとんどしたことがない。

「待田さんって言うんだけど、亡くなった時、まだ二十一歳だったんだ。自転車に乗ってパトロールしていて、近くでひったくりがあったと無線で聞いて、現場に向かったんだって。その途中で、走って逃げるひったくり犯に遭遇したんだ」

「それは、運が悪かったですね」

「むしろ本人は、運よく出くわしたと思ったんじゃないかな。男を制止して職務質問をしようとしたところ、男が振り切ってさらに逃走をはかった」

走るスピードはゆっくりめだが、話しながらなので息が切れてくる。周囲にはのどかな地方の町の景色が広がっていて、時おり使い込まれた軽トラックが彼らをのんびり追い抜いていった。人にはほとんど会わない。

「待田さんは、足も速くて追いついたんだ。だけど運悪く学校帰りの小学生が近くにいたんだって。犯人は、その子を人質にしようとしたようだ。男が刃物を出したので、待田さんがとっさに男と子どもの間に飛び込んで」

その後を続けることはできなかった。

ひょっとすると、犯人も本気で刃物を使う気はなかったのかもしれない。ましてや、警察官相手に。子どもをかばって飛び込んできた待田さんを刺してしまった犯人は、逆上してその後、何度も刃物をふるったそうだ。後に事情聴取を受けるころには冷静になって、激しく後悔したと記事に書かれていた。

地方紙だけでなく、全国紙にも大きく取り上げられた事件だった。

警察官が子どもを助けようとして犯人に刺された、という部分が大きく扱われたようだ。

（おまわりさんは、僕のヒーローです）

あやうく人質にされるところだった小学生は、待田の葬式に参列して、涙をこぼしてそんな弔辞（ちょうじ）を読み上げたそうだ。

「――二十一で、まさか自分が死ぬとは思わないですよね」

ボンタがしんみりした声で言う。

二十一歳なんて、人生が始まったばかりだ。待田だってきっと、これから仕事を頑張って、結婚して、子どもだって生まれて、そんな未来を思い描いていたはずだ。

「家にも何度か遊びに来ててさ。親父の部下の中でいちばん若かったから、年上の友達みたいな感覚だったんだ。そんな事件で亡くなったなんて、誰も言わないから知らなくて」

「お父さんたち、言わなかったんですか」

「うん。警官が刺された事件は、学校で話題になってたとは思うんだけど、それが自分の知ってる待田さんだとは思わなかったんだな、きっと」

まさか、自分や知り合いが事件に巻き込まれることはない。そんな風に感じるのも、正常性バイアスの一種なのかもしれないが、そう言えば両親はなぜ、待田の死について一言も自分に話をしなかったのだろう。

そのあと快活なボンタがしばらく黙り込んだのは、息を整えるためだけではないだろう。

「――行けども行けども、民家ですねえ」

一キロほど走るともう城井川で、川を越えてさらに向こう側も似たような町並みだ。駅、銀行、郵便局、コンビニ、学校、保育園。こぢんまりとした地域にまとまっている。日本中、どこに行っても見られる光景だ。

平日の日中でも、人通りはあまりない。コロナ禍の前からこんな感じだった。店はぽつぽつと開いているし、車も時おり通るが、なんだか半分眠ったような町だ。

地方の町ならどこも似たようなものだろうが、古びたシャッターが下りたきりの商店もあれば、見るからに空き家らしいのもある。不動産屋の名前が入った「貸家」「売家」の札がかかった家もある。寂れた印象はあるが、人口が二万五千人を割った地方自治体なら、まずこんなところだろう。

いくつか町にお寺もあって、境内でハトも見かけた。だが、それは当たり前の光景だ。

「どこからでも、ハトを放そうと思えば放せるし。その気になれば、人に見られずに放すこともできそうだな」

小一時間も走り回り、また築城の駅まで戻って、息をはずませながらペッパーは唸った。

「だけど、やっぱり意味がわかんないですね。嫌がらせにしては、やり方が手間暇かかるわりに迂遠というか」

――たしかにその通りだ。

もし誰かが航空機の離着陸を狙って嫌がらせをするつもりなら、たとえば滑走路に航空機が出てきたタイミングを狙って、ハトを放せばいい。緊急発進する戦闘機の離陸は急だからタイミングを読みにくいが、訓練機なら滑走路の様子を観察していればわかる。日中の訓練時など、基地の周囲に大きなカメラを抱えた愛好家が鈴なりになるくらいだ。

「バードストライクやニアミスが起きたのは、二回とも緊急発進かその帰投の時だったな」

訓練と異なり、タイミングを読みにくいケースだ。とはいえ、二回も発生したということは、それだけ何回もハトを飛ばしているということだろう。

「むしろ、犯人は航空機との接触を避けようとしているのかもしれませんね。だけど、緊急発進までは気が回らなかった」

「だけどさ。それなら何のためにハトなんか飛ばしているんだろう？　鳩レースってのがあることは知ってるが――」

まさか、あれはレースに出すためにハトを訓練していたのだろうか。だが、それならレース用のコースや、訓練用の施設などがあるんじゃないだろうか。

だいいち、レースに出すハトが戦闘機と接触して怪我(けが)でもすれば大変だ。基地や滑走路の周辺など避けるはずではないか。

ボンタが首をかしげた。

「俺にもわかりませんが、嫌がらせってのは理屈が通らないと思ったので」

彼の言う通りだった。

考えれば考えるほど、納得できなくなっていく。

犯人は、繰り返しハトを掩体壕まで飛ばしていた。あれは何かの訓練だったのだろうか。

事件が起きたのは、次のアラート勤務の日だった。

しばらく、築城基地に緊急発進の指示が出なかったので、そろそろ来るころかなとは思っていたのだ。

夕刻になって、緊急発進の要請があった。五分待機は、ハイヴとベインの組だった。

アラートハンガーから二機のＦ－２が滑走路に出ていくのを見送る。

なんとなく胸騒ぎがした。

宮古島（みやこじま）方面に向かっていたアンノウン一機が、ハイヴらの接近とともに引き返したとの報告があり、待機所にホッとした空気が流れた後も、ペッパーの胸騒ぎは続いた。

「帰ってきた」

夏の日は長いとはいえ薄曇りで、滑走路の向こうから帰還するＦ－２の機影が目視できたころには、そうとう近づいている。

着陸するＦ－２を、待機所から出て見に行った。ハイヴが先に滑走路に降りようとしている。脚を出し、巨大な鳥のように機体前部を持ち上げて、ハイヴ機が着陸姿勢を取ったとき、ペッパーはふと基地の外から飛んでくる灰色の物体に気がついた。

「おい、あれ！」

またしてもハトだ。

ハトは着陸態勢に入った戦闘機の動線が読めないのか、そのまままっすぐ例の掩体壕方面に向かって飛び続けている。

あっと叫んだ時にはもう、F－2と衝突していた。直前にハト自身が驚いたのか、少し高く飛び上がったようだ。それでもダメージを受けたようで、まっすぐ滑走路わきの芝生に落ちていくのが見えた。

「バードストライク発生！」

アラートハンガーから整備士が飛び出し、眉をひそめて着陸を見守っている。

ハイヴの機体は無事に滑走路に降りたが、タクシングで戻ってくるのを見ると、キャノピーが真っ白になっている。

「ひどい割れ方だ」

ペッパーは待機所に駆け戻り、内線電話で隊長室にかけた。急がなければ、犯人に逃げられる。

『どうした、ペッパー』

「警察に通報して、今すぐ掩体壕に行ってもらってください。今またバードストライクが起きて、ハトが基地内に落ちました。掩体壕にいる奴（やつ）は、ハトが戻ってくるのを待っているはずです」

『そのまま待て』

丸川二佐が、警察に連絡する声が聞こえた。待つ間にベインの機体が着陸し、ハイヴとふたりで待機所に戻ってくる。ハイヴは真っ赤な顔をして憤激していた。

ボンタがいないと思ったら、しばらくしてハトを抱えて戻ってきた。可哀（かわい）そうに、ハトは戦闘機との衝突の衝撃で翼が折れ、死んでいる。

『パトロール中の警官が、掩体壕に向かったそうだ。また連絡があれば知らせる』

「ありがとうございます」

受話器を置くと、それまで口を閉じていたボンタとハイヴがいっせいに話し始めた。

「キャノピーが粉々だ！」

「見てくださいよ、これ」

ボンタが差し出したハトの死骸に、視線が集まる。怒っていたハイヴも、当のハトに目を据えている。

そのへんの神社や寺の境内で、食べこぼしをつついているドバトとそっくりに見える。薄いグレーを基調に、頭部から胸元にかけてと、翼の先と尾羽（おばね）は濃いグレーだ。首にあたる部分は、エメラルド色に輝いている。赤い足は、四本の指の先に鋭い爪がついていた。こうして見ると、意外なくらいきれいな鳥だ。

「このハト、足がちぎれてるんですよ。ひょっとして、また何かを足にぶらさげていたんじゃないですかね」

「俺の機がやられた時は、割れたガラスが散乱してたんだったな」

「ハトに何かを運ばせたってことか？」

怒りよりも当惑が勝ったのか、ハイヴが呆然と呟（つぶや）いた。

「このハトも警察に届けたほうがいいな。証拠になるんじゃないかな。ハトが何かを運んでいて、それが基地内に落ちたのであれば、それも捜して届けなきゃ」

アラート待機が明けたら、基地内を見て回ってもいい。どのみち、そろそろ日没だった。

丸川二佐から電話があったのは、国旗降納の時刻になり、ラッパの音が放送されるなか、国旗の方角に敬礼した後だった。バードストライクの発生から一時間ばかり経っていた。

『警察から知らせがあった。掩体壕で男を発見し、任意で警察署まで同行したそうだ。これから事情を聞くと言ってる』

「ああ、捕まったんですね。良かった」

男は当初、公園を散歩して何が悪いのかと職務質問に応じなかったが、パトカー三台で到着した警察官に取り囲まれ、ハトについて尋ねられると、逃げられないと観念したのか少しずつ口を開いたそうだ。

ハトの死骸は、しばらく後で警察官が基地の門まで取りに来た。門衛がアラート待機所まで車で取りに来て警察官に渡してくれた。

いつものことだが、長い夜だった。

どういうわけか、待機中に何台ものパトカーのサイレンを聞いた。掩体壕の男はもう捕まったはずなのに。この眠ったような町で、他にも大事件が起きたのだろうか。

この夜はもう、築城基地のアラート待機所に緊急発進の指令は下りなかったが、仮眠を取ったり休憩したりしながらも、落ち着かない気分だった。

——これで、一件落着になるのだろうか。

朝になり、二十四時間のアラート勤務が終わると、ペッパーは好奇心をおさえかねたボンタや整備士らと、滑走路脇を見てまわった。ハトがぶら下げて飛んでいたらしい何かを見つけるためだ。

いる。

「ペッパー！」

整備士の岡井が、滑走路から百メートルも離れた場所で何かを見つけたらしく、手を振っている。

「これ、足ですよね」

岡井が見つけたのは、ハトの赤い足だった。

「何もついてない？」

「見つけた時は、もう」

折れた足を見ると、哀れさが先に立った。ハトだって、好きで滑走路の上なんか飛んだわけではないだろう。戦闘機にも驚かず、目的地までの最短コースから逃げずに飛んだのだから、優秀な鳥だったのかもしれない。

それから二十分後に、ボンタが光るものを見つけた。

「これ、ひょっとして――」

「何だ、それ」

指先ほどのサイズの輝く石を手のひらに載せ、言葉を失うボンタの肩越しに覗き込む。

ボンタが指でつまみ、朝のやわらかな陽ざしにかざした。いっきに、スパークするような光がその石から放たれる。

「まさか――」

「それは――」

一緒に捜していた整備士らも近づいてきて、ボンタの手のひらに載ったものに、視線は釘付けになった。
「ダイヤモンド？」

自衛隊のパイロットになって良かったと思うことはいろいろあるが、ひとつは世俗的な欲望から身を遠ざけて、戦闘機乗りとしての己の技量を磨くことに集中できることだ。

妻の奈々もバリバリ仕事をするほうなので、結婚していても、互いに独立心旺盛にやっている。

だから、こうして人間の愚かしい欲望を剝き出しにした事件に遭遇すると、かえって新鮮な気分になる。

「二年前、福岡市内の宝飾店に強盗が入りましてね」

ダイヤが見つかったと聞いて、午前中に豊前警察署から来た刑事は、ひげの剃り跡が濃い、五十代の男性だった。女性の制服警察官と、濃紺のジャンパーに「鑑識」と刺繡された腕章をつけた男性を連れている。

鑑識の男性は、さっそく割れたキャノピーの写真を撮り、ペッパーらが拾い集めたダイヤモンドを証拠として小さなビニール袋に収めた。基地のあちこちで見つかった大小さまざまなダイヤモンドは、十七個もあった。ものがダイヤなので、基地司令の指示で、手の空いた隊員が総出で「宝さがし」をする羽目になったのだ。

彼らが「現場検証」に来ると聞いて、ペッパーとボンタも事情聴取を受けるためにアラートハンガーにやって来た。二十四時間勤務明けで、本当なら非番なのだが、仮眠を取ったためかあまり眠くもない。それより、ダイヤモンドの件が気になってしかたがない。

「今回見つかったダイヤは、大きさと個数から見て、その時に盗まれたものと思われるんですよ。これから鑑定してもらうんですが」

「十七個で全部ですか」

「盗まれたのも十七個です」

「それじゃ、全部見つかったんですね。良かった」

あんな小さなもの、溝に落ちたり、屋根のどこかに引っかかったりすれば、もう見つからないかもしれない。そう心配していたので、個数があっていると聞いて胸を撫でおろした。

「掩体壕で捕まえた男は、何か喋りましたか」

「いや。まだ何も喋りません」

本当は何か手がかりをつかんでいるのかもしれないが、刑事は詳しいことを語らない。

二週間前、ペッパーが初めてバードストライクに遭遇した日にさかのぼり、ひとつずつ丁寧に説明した。休みの日に、基地の上空を飛ぶハトを追って、行き先が掩体壕だと突き止めたことを話すと、刑事が面白そうに目を輝かせる。

「これだけ短い期間に三回もバードストライクとその未遂が起きたんですから、僕らが気づいてない時にも、ハトは行き来していたんだと思います」

「なるほどね。いつから始まったかははっきりしないんですよね」

ペッパーらが気づいたのは、最初にバードストライクが起きた日だ。

事情聴取と現場検証を終えて、「それではこれで」と立ち上がった刑事に、ボンタが悪戯っぽい笑顔を向けた。

「刑事さん。ちなみに、あのダイヤモンド、総額いくらくらいするんですか」

刑事がにやりと唇の端を上げる。

「五億二千万です。全部見つけてくれて、助かりましたよ」

何か思いだしたら連絡をと名刺を置いて、車で去っていく警察官らを見送り、ペッパーは目を丸くして、ボンタと顔を見合わせた。

「小さいのひとつくらい、お礼にくれないかな」

「迷惑料にほしいですよね」

帰宅した後で、二年前、福岡市内の宝飾店、ダイヤの盗難、五億二千万という刑事の言葉を手掛かりにして、ネットで過去のニュースを調べてみた。もちろん、コロナ禍で世間がざわつく前のことだ。

「これだ」

事件のニュース自体は、すぐ見つかった。

新しい情報はあまりなく、刑事が話した通りだ。閉店間際の宝飾店に三人組の強盗が押し入り、店にあった高価なダイヤの首飾りが盗まれた。十七個のダイヤというのは、首飾りについていたダイヤの数なのだ。犯人は盗んだ首飾りを、足がつかないようばらしたに違いない。

三人組の手際はよく、従業員らを脅し、店で最も高価なその商品だけを手に入れると、他の商品には目もくれず、外に待機していた車で走り去った。車の運転席では、もうひとりの仲間が待っていたようだ。

犯人は四人組だ。宝飾店の従業員は、店内に押し入った強盗の三人組のひとりは、おそらく女性だと思うと証言している。

「つまり、どういうことだろう？　犯人は首尾よくダイヤを手に入れたけど、売らずに残しておいたってことかな」

『故買(こばい)って足がつきやすいんじゃない？　宝飾品の盗難事件が起きたら、警察はすぐ質屋とか宝飾品店に連絡して、売りにくる人をチェックさせるだろうから。ほとぼりが冷めるのを待つつもりだったんじゃないかな』

　奈々が大阪で在宅勤務をしているというので、ビデオチャットシステムをつないでみた。彼女も事件に興味津々だ。

「国内で売るより、海外に持ち出したほうが売りやすいんじゃないの」

『そうかもしれないけど、密輸になっちゃうんでしょ？　五億円以上のダイヤの密輸って、金額が大きいし』

「ほとぼりが冷めるまで、二年も我慢したってことか。でも、ハトを使ってダイヤを飛ばした理由は何なんだろう」

『誰かが、隠していたダイヤを盗んだんじゃないの。ハトを使った理由はわからないけど、たとえばアリバイをつくるためとかさ』

「アリバイね――」

　奈々は推理小説の読みすぎなのだ。

『でもさ。五億円以上のダイヤを、四人で山分けしたって、ひとり一億円は手に入るはずだったんでしょ。よく二年も我慢したよね』

「そうか。強盗は成功したのに、金はお預けってわけか」

『そうそう。自分のものだと思ってる一億円が、二年も好きに使えないって、どう？　フラストレーションが溜まるんじゃない？』

推理小説の読みすぎには違いないが、奈々の推理はなかなか鋭い。

「なるほどな。隠してあるダイヤをめぐって、仲間割れが起きたってことか――」

『ほとぼりが冷めるまで我慢しようって、みんなで決めたとするじゃない。でも二年経っても、慎重な人はもう少し待とうと言うかもしれないし、早くお金が欲しい人もいるかもしれない。仲間割れって、ありえるよね』

「奈々、二年前、福岡市内にはいなかったよな」

彼女が画面の向こうで噴き出した。

『少なくとも、宝石強盗の仲間じゃないから安心して』

「まとめると、ダイヤを売って金に換えるのはまだ早いという人間と、早く金に換えたい人間との間で仲間割れが起きた。早く金に換えたい奴が、隠し場所からハトを使ってダイヤを外に出した――？」

『どうしてハトなんか使ったかはともかく、そういうことかもね』

「掩体壕にいる仲間に、ハトを使って宝石を渡そうとした。そのルートを覚えさせるために、何回もハトを飛ばした。宝石を運ばせるための予行演習も兼ねて。基地の上を通ることはわかっていたから、訓練飛行で離陸する航空機とぶつからないよう、タイミングをみはからったが、緊急発進だけは読めなかった。それで、俺の機にぶつかった」

『たぶんね、実験で本物の宝石を使うわけにいかないから、ガラス玉を使ったんだよ。戦闘機に衝突して落とすとは思わなかっただろうけどね』

ペッパーは、あちこちに飛び散ったガラスの破片を思い出した。

「でもさ。犯人はどこからハトを飛ばしたんだろう。どうやったらその場所を突き止められるのかな――」

『そんなのかんたんだよ』

奈々が驚いたように言った。

『ハトを掩体壕に連れていって、放せばいいよ。スタート地点に戻ると思う』

「死んじゃったからなあ。生きてたらそんな手も使えたかもしれないけど」

『ハトが一羽しかいなかったなんてことはないんじゃない？　何億円ものダイヤなら、何羽か飼って、そのうち正確に掩体壕まで戻ってこられる個体を選んだはずだよね』

ハッとした。奈々は正しい。

ペッパーの機体にぶつかった鳥は、キャノピーに羽根だけ残していった。黒っぽい色の羽根だ。だが、先日、ハイヴの機体にぶつかって死んだハトは、全体にもっと淡い灰色の羽根をしていた。

「――奈々、伊達に推理小説を読んでないな」

『あったりまえでしょ』

刑事は基地に名刺を残していった。連絡して、他のハトを捜してもらうのだ。

『それで、お義父さんどうだった？』

奈々に聞かれ、まだ何も話していなかったことに気がついた。

「うん。ビデオチャット越しだけど、意外に元気そうだったよ。母さんも毎日、ビデオチャットで面会できてるみたいだし。だんだん、声も出るようになってきたんだって」

『そう。良かったね』

母親からメールが届いて、休みの日に一度、ペッパーもビデオチャットに参加しろと言われている。妹は、東京から時々参加しているらしい。三か所同時に会話できるなんて、ビデオチャットならではだ。


「皆さんものの好きですね」

刑事が苦笑している。ペッパーはボンタと顔を見合わせた。

「どういう事情だったのか、知らないと気になって夜も眠れないんですよ」

掩体壕跡の周辺には、パトカーが二台停まり、マスクをつけた制服警官が三人、鳥かごを持って待っている。

典型的な入道雲が、もくもくと出ている。よく晴れた夏空だ。こんな空にハトが舞い上がれば、よく目立ちそうだった。

「天気が良くなるのを待ってましてね」

刑事が言った。

奈々の推理を話したところ、「ここだけの話ですが」と前置きして、刑事が捜査の状況を教えてくれたのだった。

掩体壕でハトを待っていた男には、強盗の前科があった。ハトが運んでいたダイヤが見つかり、それが福岡市内で盗まれたものと見られたため、男には逮捕状が発付された。

男はダイヤの盗難に関与したことを否定しているが、自宅を調べたところ鳩舎があり、奈々が推理した通り、二羽のハトがいた。

晴れた日を待ち、ハトにＧＰＳの装置をつけて、掩体壕から放す。

うまくいけばハトは訓練を受けた通り、ダイヤをつけて放たれた場所に戻るはずだ。

――うまくいけば。

その日が、ちょうどペッパーらの休みにあたるとわかり、無理やり同行を申し出た。

以前、掩体壕に向かうハトがどこから来たのか、自転車に乗って探し回ったこともある。

「ふつうなら、お断りするんですが」

苦笑しながら刑事が許可してくれた。

「ダイヤを見つけてくれましたし、男を逮捕できたのも、皆さんが知らせてくれたからですからね」

ハトは、一羽ずつ四角い鳥かごから外に出されている。しばらく戸惑ったように、かごに止まって周囲の様子を見ていたハトは、やがて意を決したのか空高く舞い上がり、基地のほうに向かって飛び始めた。

それぞれの足にＧＰＳが装着され、追跡用のパソコンもある。

「駅の南に、パトカーが先行しています」

二羽のハトを放し終えると、警察官らは掩体壕を撤収し、二台のGPSの行方を、パトカーで追いかけはじめた。ペッパーとボンタは、刑事の車に同乗させてもらった。

「どこまで行きますかね」

だが、追跡は意外に短い時間で終わった。城井川の手前にある民家のベランダに、ハトが二羽とも降りたと、自転車で先行する警察官から報告が入ったのだ。

直線距離にして七キロほどだろうか。

刑事の乗ったパトカーも、すぐ現地に向かう。ペッパーたちは、パトカーを降りると離れているように指示された。

「万が一、相手が暴れたりする場合もありますからね」

当該の民家は、人通りの少ない横丁の突き当りにあり、たしかに二階のベランダにハトが止まって、エサでも待つようなそぶりをしている。

ブロック塀に取り巻かれたその家は、瓦屋根の重みにひしがれたような疲れた風情を見せているが、何の変哲もないふつうの二階建ての家だ。

だが、刑事たちは、その家だとわかったとたん、何かに気づいたらしく全員が緊張感を漂わせ、目くばせしあった。

制服警官のひとりが、刑事の指示でインターフォンを鳴らす。離れていろと言われてパトカーの陰に立つペッパーらには、インターフォンの応答までは聞こえない。

しばらくして、玄関の引き戸が開いた。

奥から現れた中年女性が、外に居並ぶ警察官の姿を見て、ぽかんと唇を開き、立ちすくんだ。

パーマの当てすぎなのか、傷んで白っぽくなった長い髪をひっつめにした、おそらく五十歳近い人だ。首回りのだらしないTシャツを着て、色の褪せたジーンズを穿き、いかにもくたびれた印象だった。

警察官がベランダのハトを指さすと、彼女は一瞬、天を仰いで、観念した様子で小さく頷くのが見えた。

バードストライクの多発事件が終結した瞬間だった。

タブレットの画面に、病院の寝間着を着た父親が映っている。

先日より、顔色がいいようだ。

『お義父さん、お顔の色がいいですね』

大阪からビデオチャットに参加している奈々が朗らかな声で言うと、父親がわずかに表情を緩めた。

『そうか』

『そうですよ。病院では寂しくないですか』

『寂しいことなんかないよ』

半身の麻痺も少しずつ取れているのか、言葉もかなりはっきりしてきた。

『どうせあたしがいなくても寂しくなんかないもんね。お父さん、もうそのままずっと病院にいたら』

母親が拗ねてみせると、にやりと笑った。

病院側の厚意で、父親と母親、奈々とペッパーの四人が同時にビデオチャットを使えるようにしてくれたのだ。

『四人で会うの、久しぶりやね。久しぶりに奈々さんの顔も見られて嬉しいわ』

母親はここ数日のビデオ面会で、すっかりスマホの使い方に慣れたらしい。画面越しの面会なんてと渋っていたのが嘘のように、喜んでいる。

『保、新聞を見た』

父親の話題転換は急で強引だが、面会時間も限られているのだ。

「新聞？」

問い返すと、もどかしそうな表情になった。母親が補足する。

『あの記事でしょ、宝石強盗を捕まえるのに、保が協力した』

そういえば、ペッパーの名前は出ていなかったが、宝石強盗の逮捕が大きく報じられた際に、築城基地の航空機にバードストライクの被害が出たことが、逮捕のきっかけになったと書いていた新聞もあったようだ。母親には聞かれたので、少し詳しく話しておいた。

『おまえは、後先を考えないから』

父親の言葉に、またしてもむっとさせられたが、病人相手だと思い返して黙っていた。

『危ないことはなかったのか』

「危ないこと？」

自衛隊で戦闘機に乗っていれば、危険とは常に隣り合わせだ。そう答えることもできず、困惑を滲ませて首をかしげる。

『おまえは子どものころから、あまり深く考えずに、危険に飛び込むやつだった。近所の犬が川に流されたのを見た時も、服のまま飛び込んだだろう』

そんなこと、言われるまで忘れていた。

「――あったな、そんなこと」

小学生のころの話だ。

近所の家が真っ白な柴犬を庭で飼っていた。賢い犬で、前を通ると近づいてきて、甘えたような声で鼻づらをすり寄せる。いつもは小屋のそばにつながれていたのに、その日は綱が外れたのか、門の隙間から逃げ出して、雨で増水した川に落ちたのだ。思わず飛び込んで助けたが、後で周囲の大人にこっぴどく叱られた。増水した川の怖さは、今ならわかる。

『そうそう、あったねそんなこと。犬のほうが泳ぎも達者なのにね』

母親まで思い出したように笑顔になる。

『いじめっ子には食ってかかるしな。相手が大きい子だろうがおかまいなしだ』

『小さいころの保くんに、そういうところがあったんですか。けっこう冷静なほうだと思ってました』

奈々が面白そうに尋ねている。

ペッパーは、穴があくほど父親の顔を見つめていた。

おまえがヒーローになんか、なれるものか。そう言われて、苛ついていた。父親が、まじめな顔で画面のこちらを見ている。看護師さんにひげを剃ってもらったのか、顎の一部だけ少し剃り残しがある。

『ヒーローなんか、なっちゃだめだ。おまえはプロフェッショナルになれ』

――プロフェッショナル。

どう返事をすればいいのかわからず、ペッパーは無言で画面を見つめた。

母親が、何かに気づいたように口を開いた。

『お父さん、それ待田さんにもよく言ってたね。ヒーローなんか目指すなよって。警察官という職業のプロフェッショナルになるんだぞって』

待田は、若くして亡くなった父の部下だ。

父親は、急にむっつりと唇の端を下げて黙り込んだ。

「――この前、初めてビデオ面会した日も、それを言おうとしたのか？」

うむ、と頷いている。

あの時は真意が理解できず、また批判されているのかと誤解して苛立っていた。

『みんなのために犠牲になるのも厭わないのがヒーローだ。おまえには子どものころからそういう気質がある。自分のことを忘れるんだ。待田もそうだった』

ふいに、スポーツマンで日焼けして、よく話のあう兄のようだった待田の顔が浮かんできた。逃げてくるひったくり犯を捕らえようとして、逆上した犯人に刺された待田。二十一歳で、まさかの死を遂げた待田。

自宅の居間で、若い部下に囲まれて酒を飲み、和やかに笑っていた父親を思い出す。自分の息子くらいの歳の部下が、そんな死に方をするなんて思いもしなかっただろう。

犬を救助するため川に飛び込んだペッパーを、父親がどんなに危惧していたか、考えてみれば愚かな話だが、いまになってようやく思いいたった。

自衛隊に入ると告げた時の、複雑な表情も思い出す。子どものころの自分を、そういう目で観察していたのなら、英雄願望がそういう職業を選ばせたのかと誤解したのだろう。

「——なあ。俺、もうすぐ三十なんだぞ」

ペッパーが口を開くと、画面の父親が、唇を「へ」の字に曲げた。三十歳だかなんだか知らないが、なにを偉そうに、という内心の声が滲むようだ。

「俺がなりたいのは、自分の命を犠牲にして他人を救うヒーローじゃない。消防士は火災の現場で、まず自分の命を守れるように訓練を受ける。俺たちだって同じだ。そういう意味だろ、プロフェッショナルって」

『盛岡さん、回診の時間です』

看護師の声が聞こえた。

『ご家族のお話の途中に邪魔してすみませんね』

謝りながら画面に入ってきたのは、白衣を着た小柄な川崎医官だ。バイタルサインのモニターをチェックし、クリップボードに書かれた数値をざっと目で追っている。

「プロフェッショナルってのはさ、自分の役割をまっとうすることだと思うんだ」

医師や看護師の耳はあるが、いま自分の気持ちを言葉にしておかなければ、うやむやになってしまいそうな気がした。感情はとらえどころがないし、捕まえようとするとすぐ逃げ出してしまう。

「まだまだ道半ばだけどな」

『当たり前だ。三十やそこらで、一人前になった顔をするな』

父親が悪態をつく。

『私も、自分の役割をまっとうするつもりなんですよ。だから、話に割り込んですみませんが、ちょっと採血させてくださいね』

川崎医官が父親の腕を出させて、アルコールで拭いた。この医官は、なかなかとぼけた人のようだ。自衛隊を辞めて民間の病院に移るつもりだったと言っていたが、今も自衛隊病院に勤務しているのは、彼の心を変える何かが起きたのかもしれない。

「先生は、プロフェッショナルって何だと思いますか」

自衛官同士の仲間意識も手伝い、聞いてみた。

『プロフェッショナル――ですか』

川崎が、採血を終えた小さな試験管をたいせつに容器に入れ、考えるように首をかしげた。

『一年のうちのたった三日、全力を出し切るために、残りの日々を淡々と過ごして力をつける人――ですかね。うまく言えませんけど』

『この先生は、ダイヤモンド・プリンセス号にも乗り込んで、治療にあたったそうだぞ』

横から父親がもごもごと言った。

――ダイヤモンド・プリンセス。

よもやここでその名前を聞くとは思わなかった。目を丸くしていると、『ああ、いや』と川崎が照れたように頭に手をやった。

『それじゃ、もう行きます。もうしばらく頑張れば、盛岡さんは退院できますよ』

母親が晴れやかな表情になった。

『それじゃ、これで通信を終わりますね』

母親が看護師にお礼を言い、あとは慌ただしい散会になった。全員が「じゃあまたね」などと挨拶して、アプリの画面が消える。

――そんなふうに考えていたなんて。

父親の気持ちを完全に読み違えていた。それなら、今までの自分の苛立ちは何だったのだろうと拍子抜けする。

奈々からビデオチャットがかかってきた。

『ビデオ面会、教えてくれてありがとう。久しぶりにお義父さんたちに会えて良かった。心配したけど、お義父さん普通に喋れていたよね。良かったね』

口跡が意外に明瞭だったし、なにより会話の内容が明晰（めいせき）だったので安心した。これなら、自宅に戻れる日も近いかもしれない。

『ねえ、保くん。私もヒーローよりプロフェッショナルな保くんのほうがいい。みんなのために自分を犠牲にするより、自分を含めてみんなが生き残れるほうがいいもん』

「緊急発進のたびにヒーローになりたがってたら、命がいくつあっても足りないよ」

奈々が笑い声を上げる。

『ねえ、例のダイヤは？　あれからどうなったの』

福岡市内の宝飾店から盗まれたダイヤが、同じ福岡県内で発見されたので、大阪のほうではあまりニュースにならなかったらしい。

「ダイヤは被害者の手元に戻るみたいだよ」

『ハトを使った理由はわかった？』

「こっちの地方紙に載ってたことだけどさ」

四人組の強盗団は、事件のほとぼりが冷めればダイヤを換金し、四人で分けるつもりだった。四人のうちリーダーと女性が夫婦で、あとのふたりは事件の前に仲間に誘われたそうだ。

強盗は成功したが、ダイヤはリーダーの自宅に保管され、しばらく待てと言われた。金に困っていたふたりのために、リーダーが立て替えて百万ずつの現金を渡したそうだが、二年もすればそんなものはどこかに消えている。コロナ禍の影響もあり、仕事がない。金に困ったふたりは、リーダーの妻に相談した――というより、脅迫した。

ふたりは、リーダーがダイヤをひとり占めする気ではないかと疑い始めていたのだ。

実はリーダーの妻も、金に困っていた。リーダーの男は金に汚く、家にもほとんど生活費を入れない。彼女の兄が福岡市内でキャバクラをやっていて、運転資金を貸してほしいと頼まれてもいた。ダイヤの分け前が手に入れば、それを使うつもりだったのに、いつまでたってものらりくらりと言い逃れして換金しない。だから、彼女は夫の目を盗んでダイヤを自宅の隠し場所から盗み、ふたりに換金させて、きちんと四人分に現金を分けて、そのうえで夫に返すつもりだった。

『買い物にいくついでにでも、ふたりに渡せば良かったんじゃないの』

奈々が目を丸くしている。

「それがさ。隠し場所は知ってたけど、旦那は一日に何回もダイヤを確認するんだって。だから、買い物に行くついでに持ち出したりすれば、彼女が持ち出したことがすぐにバレちゃうんだ」

『えっ、じゃあ――』

「彼女自身は在宅していて、外から客が何人か来るタイミングで、ハトに託したんだ」

『その日はお客さんがたくさん来たから、その中の誰かが持ち出したんじゃないかって、夫に疑わせるってこと？　だけど、隠し場所を知ってるのは奥さんだって、すぐわかるんじゃない？』

「旦那は被害妄想の気があったみたいで、隠し場所がいろんな奴にバレてるんじゃないかと疑っていたんだって。特に、その日に来る客のひとりが、怪しいって言ってたんだそうだ。壁に作りつけの金庫を埋め込むと言いだしたので、その前に持ち出す必要があって、急いだらしい。この話は、新聞記事じゃなくて、警察の人からこっそり聞いたんだけどな」

ハトを使おうと決めたのは、掩体壕の男がもともとハトレースに参加していたからだ。主犯の家から掩体壕までハトを飛ばすために、しばらくコースを覚えさせる訓練をしなければならなかった。

最初のうちはガラス玉を入れた布袋を、ハトの足に紐でしばりつけて運んだが、ペッパーのF-2と接触して布袋が破損した。この方法ではだめだと気づき、革袋をハトの足に装着する方式に変えた。何度も試してうまくいったので、いよいよ本番となったのだ。

『それで、その人は本当にお客さんを疑ったわけ？』

「そうなんだ。それで起きたのが」

ペッパーは、スマホで記事を表示させ、ビデオチャットのカメラに向けた。

「見える？」

『「口論のすえ男性を刺殺」って書いてるの？』

事件は、掩体壕で男が捕まった日の夜に起きた。パトカーのサイレンが鳴りまくっていた、あの夜だ。

「この記事が出た時には、まだダイヤの件は誰も知らなかったんだけどな」

ダイヤ強盗の主犯は、いつもどおりダイヤの隠し場所を確かめた。その日は悪い仲間が七人も来てパーティをしたので、彼らが帰るとすぐ、二階の書斎に入って天袋を覗いたのだ。だが、いつもの場所にダイヤはなかった。長時間飲み食いしている間には、トイレに立つものもいたし、外で電話をかけてくると言って席を外したものもいた。気づかないうちに、誰かが書斎に入ったのかもしれない。

「だけどまず、この男は奥さんを疑って、彼女を縛りあげ、ダイヤを隠しそうな場所もみんな調べたんだ。家の中にはどこにもないとわかると、男はかねて疑っていた悪仲間のAの家に押しかけた。玄関先に呼び出して、自分の家から何か盗んだろうと刃物をちらつかせながら問い詰めたが、向こうは当然、思い当たるふしがない」

『うわあ——まさか、それで？』

奈々が顔をしかめた。

「自宅に現れて、わけのわからないことを喚(わめ)かれて脅され、Aも頭に来たんだろうな。男を嘲笑し、刃物など怖くないという態度を示したところ、刺されたと書いてあるわけ」

被害者Aは完全なとばっちりだ。家族が一一〇番通報し、救急搬送されたがAは死亡。現場から逃走を図った強盗の主犯は、その場で逮捕された。

『それじゃその男、ダイヤの強盗だけじゃなくて、殺人犯にもなっちゃったわけ』

「しかもダイヤは俺たちが見つけて警察に届けたし、仲間のひとりは掩体壕で逮捕された」

主犯の妻は、自宅を取り巻く警察官の姿を見て観念したような顔つきをしていたが、自分たちの悪事が原因で夫、ダイヤ、仲間、全てを失ったのだ。

(三十回もハトを飛ばして、テストで失敗したのは一回だけなのに、どうしてよりによって本番でまた失敗したのだろう)

主犯の妻は、取調室でそう嘆いたそうだ。残るひとりの逮捕は時間の問題だった。

『悪いことって、できないよね』

奈々の感想にペッパーも頷いた。

もし、あのタイミングでハイヴたちが緊急発進していなければ。

もし、ハトがバードストライクを起こさず無事に掩体壕にたどりつき、仲間がダイヤを手に入れていたら。

主犯の夫とAの運命は同じだったかもしれないが、彼女と仲間はダイヤを売って、自分たちの欲望を満たせたのだろうか。

「F-2二機のキャノピーも損害を被ったから、被害届を出すんだ。犯人に弁償する余裕なんてないとは思うけど」

『そんな馬鹿げた事件のせいで、誰も怪我しなくて良かったね』

奈々がしみじみ言った。

『それに、ハトが可哀そうだったね』

「いちばん哀れなのはハトかもな」

もしもバードストライクが起きなければ、ダイヤの盗難事件は解決しなかった。事件解決はハトのおかげだ。

ともあれ明日からは、あの「奇妙なバードストライク」を心配する必要もない。

『それじゃ、私はもう寝るね。保くんも、あんまり無茶しないようにね』

「なんだよ、奈々まで」

奈々が悪戯っぽく唇の端を上げた。

『私もプロフェッショナルのほうが好きだってこと。おやすみ！』

奈々の映像が消えると、ペッパーは苦笑いしてパソコンを閉じた。

コロナ禍であろうとなかろうと、自分たちはみんな淡々と自分の仕事をしている。だからこそのプロフェッショナルだ。

寝る前に、官舎のベランダに出て夜空を見上げてみた。

今夜も、基地のアラート待機所では、仲間たちが二十四時間アラート勤務についている。来るとも来ないともしれない、緊急事態に備えるために。

謝辞
本作品の執筆については、航空自衛隊築城基地の皆様に多大な取材ご協力をいただきました こと、深く御礼申し上げます。

航空祭に行こう！

福田和代

コロナ禍で中止続きでしたが、二〇二二年度は、ようやく航空祭が限定復活しました。

　事前応募の抽選制だったりして、まだ以前のように「ふらっと訪問できる」お祭りには戻っていないようですが、完全復活も近いことでしょう。ここでは、航空祭の意外な楽しみをご紹介したいと思います。

　まず、これは意外ではないけど外せない、航空祭の花形、展示飛行！

　基地によって、あるいは年度によっても展示飛行の内容は異なりますが、華麗で緻密（ちみっ）なアクロバット飛行を見せてくれるブルーインパルスをはじめ、F－35、F－15、F－2などの戦闘機、T－4、T－7などの練習機、C－1、C－2、C－130など、ぽってりした機体に愛らしい顔つきをした輸送機、基地によっては飛行教導群の識別塗装機や米軍のF－16も飛んできて、青空を背景にするとなおさら写真の撮りがいもあるというものです。

　地上展示コーナーで、米軍のF－22「ラプター」を見かけたこともありました。

　高射部隊の地対空誘導弾ペトリオット（PAC－3）一式を、近くからじっくり見学できたりもします。

　それとは別に、実は航空祭にはさまざまな楽しみ方があります。

　たとえば、埼玉県の入間（いるま）基地は、敷地内を西武池袋（せいぶいけぶくろ）線の線路が横切る珍しい構造なのですが、多い年で三十万人を超えると言われる航空祭参加者を安全に誘導するため、自衛官が踏切誘導を行います。たった一本のロープを使って、群衆をコントロールする技術の巧みなこと。妙なことに感じ入っていると思われるかもしれませんが、機能的かつ合理的であることは、美しいのだなとあらためて感じます。機会がありましたら、ぜひ観察してみてください。

「碧空（あおぞら）のカノン」シリーズにも書いた、航空中央音楽隊をはじめとする各音楽隊もパレードやミニコンサートで華を添えてくれます。クラシックあり、誰もがよく知っている映画・アニメ音楽あり、ポップスあり。自衛隊が誇るエンターテインメントですね。

　私が那覇（なは）基地のサマーフェスタにお邪魔した際には、基地のツースターこと空将補の皆さんが、鍛えた喉でラッツ＆スターの往年の大ヒット曲を歌ったりもされました。堅いばかりではないのです、航空祭。

　コロナ禍以前は、から揚げ、たこ焼き、焼きそば、クレープなどの食べ物屋台も出ておりましたが、二〇二二年度はグッズの売店のみだったようです。でも、その基地の特色を生かした、レアなグッズが手に入るかもしれませんよ。

　ちなみに私は、部隊ごとの模造ワッペンを集めているところだったので、航空祭に遊びに行けるようになれば、再開したいと思います！

2014年9月、青森県三沢基地航空祭に展示中のC-130H。
先端が鼻のようにも見えて妙に愛らしいのです。

2015年6月、山口県防府航空祭でのブルーインパルス。5番機が背面になり、6番機とぴったりくっつくアクロバット飛行。何度見ても「ウッソー」と声が出ます。

写真提供：福田和代

リアリティと個人　〜あとがきに代えて〜

神家正成（かみやまさなり）

自衛隊や自衛隊員が活躍する物語が、近年増えています。自衛隊発足以来、小説をはじめ、漫画やドラマ、映画など数多くの作品が創られてきましたが、昭和や平成初期と比べて最近の作品には、大きな特徴が二つあると感じています。

一つは、裏付けのあるリアリティ。

防衛省は行政組織であり、自衛隊員は特別職国家公務員です。その運営や各種行動は自衛隊法をはじめとする法律に基づいており、組織として秩序だった指揮、運用が行われています。例えば災害派遣一つを見ても、自衛隊が組織や個人として勝手に行動することはなく、自衛隊法第六章第八十三条「災害派遣」に基づいて動きます。

また個人装備や部隊編成なども、過去に比べればたやすく知ることができるようになっています。大昔の刑事ドラマのように突拍子もない行動を描くと、読者はすぐそれがうそであることを見抜いてしまいます。もちろんフィクションの世界ですので、その物語がおもしろいかおもしろくないかは別の問題です。またリアルとリアリティは違います。テレビの時代劇に出てくる既婚女性が、お歯黒を引いていないように、作者と読者が思うそれぞれの物語にふさわしいリアリティのラインがあるのです。

もう一つは、組織ではなく個人を描く。

戦後、日本国憲法と国家防衛のはざまで生まれた自衛隊は、違憲という批判に常にさらされています。自衛隊や自衛隊員を見つめる眼は、人によって正反対なのです。

昔の作品には、自衛隊を悪や未知の不気味な存在として描いたものも多かったのです。その流れが大きく変わったのが、一九八九年の冷戦終結から始まった世界情勢の急激な変化と、一九九五年の阪神・淡路大震災をはじめとする災害派遣での自衛隊の活躍だと思います。冷戦終結後には国際連合平和維持活動も行われるようになり、自衛隊の活動の場は国内のみならず世界へと広がりました。そのような環境の変化により注目されているのが、自衛隊という組織の中で生きる個人の想いなのです。

特殊な世界に生きる普遍的な人——。世の中の組織に生きる多くの人と同じように、自衛隊員も悩み、哀しみ、喜び、愛する、一人の人間なのです。もちろん自衛隊は、武器を持った実力組織です。事に臨んでは国家と国民を護るため、他者に向けて引金を引かなければならない存在です。そこにおいて深い葛藤が生じないはずがありません。

本アンソロジーは、陸海空の三自衛隊で生きる個人が主人公です。コロナ禍で最前線の任務に就いているプロフェッショナルな自衛官を、リアリティに描いています。三者三様の物語ですが、舞台設定は共通しており三作品を通して登場する人物もいます。

今この瞬間にも、日本国内、いや全世界で、自衛隊員たちは黙々と任務に就いています。本アンソロジーが『深山の桜』のように人知れず愚直に任務に励む自衛隊員たちを知っていただく機会となれば、元自衛官の作家として本望です。

あとがき

山本賀代

幼い頃から父の本棚にぎっしりと本が詰め込まれていたおかげで、私は本を読むのが好きになりました。そして、私が著者としてデビューする前から読んでいた小説の中に、福田和代先生と神家正成先生（あえてこのように呼ばせていただくのは、私の師であるという想いから）の作品があります。

福田先生より、「コロナ禍における陸海空の自衛隊アンソロジーを一緒に書きませんか」というお話を頂戴した時、憧れの方々と一緒に一冊の本を作ることができるという夢のようなお話に心が躍りました。

お目にかかった時は、緊張で頭が真っ白になってしまい、何も言えなくなってしまったのを憶えています。

単行本の刊行、そしてアンソロジーや短編小説は私にとって初めての経験だったのですが、新型コロナウイルスの脅威を背景に、私たちの知らないところで、誰かのために汗を流す自衛官の方々がおり、彼らもまた胸中に秘めた苦悩と向き合っている様子は、原稿を前にした私の姿とも重なりました。

物語を描いていく中で、福田先生と神家先生が献身的にサポートして下さり、また

T編集長には何度も原稿を読んで頂き、私が息切れしそうになる度にアドバイスを下さったおかげで、最後まで書き進めることができたのだと思います。

この本を通していくつもの新しい経験をさせて頂き、私自身もこれまで知らなかった世界の扉をいくつも叩(たた)いた気がします。

編集を担当して下さったW氏、深夜までお付き合い下さった編集部の皆様、取材にご協力下さった海上自衛隊の広報の皆様、砕氷艦しらせの乗員の皆様、いつも一番近くで背中を押してくれた家族、そして今この本を手に取って下さっている読者の皆様に、心から感謝いたします。

どうもありがとうございました。

この作品に収録されている小説、コラムはすべて書下ろしです。
また、収録されている小説作品に登場する事件、人物などはすべてフィクションです。

装丁　西村弘美
装画　田中寛崇

神家正成（かみや・まさなり）

1969年、愛知県生まれ。陸上自衛隊で74式戦車の操縦手として勤務。自衛隊退職後、2014年、第13回『このミステリーがすごい！』大賞で『深山の桜』が優秀賞を受賞しデビュー。著書に『七四』『桜と日章』『赤い白球』『さくらと扇』など。

山本賀代（やまもと・かよ）

2016年9月に潜水艦乗りの海上自衛官が登場する『ダイブ！　潜水系公務員は謎だらけ』が「第2回お仕事小説コン」にて特別賞を受賞しデビュー。第二作『ダイブ！　波乗りリストランテ』では護衛艦の調理担当の海上自衛官を主人公に描いている。

福田和代（ふくだ・かずよ）

1967年、兵庫県生まれ。神戸大学工学部卒。2007年、航空謀略サスペンス『ヴィズ・ゼロ』でデビュー。航空自衛隊航空中央音楽隊を描いた「碧空のカノン」シリーズ、航空自衛官たちが国際的な謀略に巻き込まれるサスペンス『侵略者』など自衛官の活躍を描く作品も多い。著書多数。

まもれ最前線！　陸海空自衛隊アンソロジー

2023年３月30日　初版１刷発行

著　者　神家正成／山本賀代／福田和代
発行者　三宅貴久
発行所　株式会社 光文社
〒112-8011　東京都文京区音羽1-16-6
電話　編集部　03-5395-8254
書籍販売部　03-5395-8116
業務部　03-5395-8125
URL　光文社　https://www.kobunsha.com/

組　版　萩原印刷
印刷所　堀内印刷
製本所　国宝社

落丁・乱丁本は業務部へご連絡くだされば、お取り替えいたします。

ISBN978-4-334-91519-3